리얼 상하이
쉬운 만다린

good

3

배낭여행족을 위한 상해 체류기

리얼 상하이
쉬운 만다린

최금옥 지음

Life

이담 Books

지도-상해시내지도

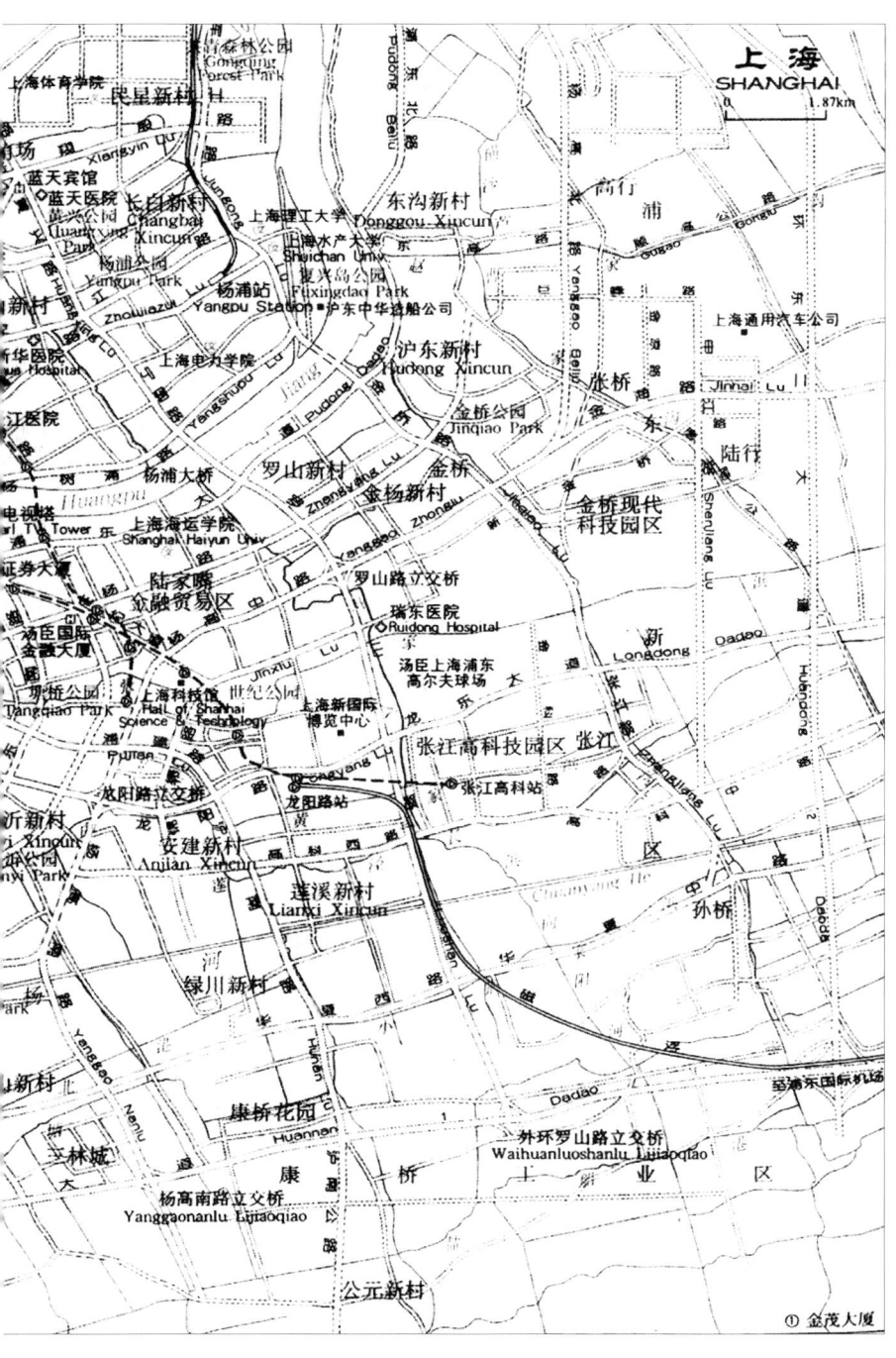

　예전에 방학기간을 이용해 중국에 단기 체류한 경험이 있었는데 최근에 또 한 차례 그럴 기간을 가졌다. 내게 교양으로 중국어를 배웠던 학생이 졸업 후 중국 상해에 인턴으로 갔는데, 교육 관련 컨설팅일로 단기나 중장기로 중국에 체류하는 학생들이나 어학연수생들의 교육문제나 숙소 등을 알아봐 주는 일을 하고 있었다. 그것을 가르치는 학생들에게 홍보했는데 중문과 학생들은 아예 한 학기를 교환학생으로 다녀오는 게 보통이라서 관심이 없고 타 학과 학생들은 별로 호응을 보이지 않았다. 그래서 차라리 내가 그 편을 통해 숙소를 알아보고 상해에 한 달간 머물러 보기로 했다. 상해에는 몇 년 전 패키지여행으로 짧게 다녀온 적이 있었는데, 그때 번화한 풍모에 감탄한 바가 있어 직접 그 속에서 생활해 보고 싶었다. 그래서 제자가 알선해 준 한 대학의 숙소에 머물면서 오전 나절은 공부를 하고 오후에는 상해 시내를 하루에 한 군데 정도 돌아다녀 보았다. 1년 혹은 수년간 상해에 머문 사람이라면 나의 이 짧은 경험에 비해 상해에 대해 할 말도 많고 아는 것도 많을 것이다. 나는 그런 상하이 전문가와는 달리 단기 체류자로서 대강 경험한 상하이의 일상과 이모저모를 중국어를 섞어 일기체로 써 보았다. 이렇게 책으로 내는 이유는 그동안 중국어를 가르칠 때 교재 외에 부교재가 있었으면 하는 학생들의 소망을 충족시키기 위해서이다. 상해의 이야기를 읽으면서 중국문화에 대한 이해를 넓힐 수 있고, 또 그 속에 나오는 중국어 단어나 각 장면에 따르는 짤막한 중국어 회화 등을 통해 주교재로만 공부하는 것보다 더욱 친숙하게 중국어를 익힐 수 있을 것이다. 이것은 비단 학생 뿐 아니라 중국이나 중국어에 관심이 있는 일반인도 시중의 중국어 교재를 공부하면서 함께 활용한다면 전후문맥이 있는 글들 속에서 쓰인 중국어를 통해 단순히 중국어책을 공부하는 것보다 효과적으로 중국어를 공부할 수 있을 것이다. 그리고 방학기간을 이용하거나 여유시간을 이용해 중국에 단기 체류하고 싶은 학생이나 일반인, 특히 상해에 가 보고 싶은 사람들은 이 책을 통해 상해의 일상을 미리 체험하여 식생활과 숙소 교통편 등의 기본적인 생활문제를 어떻게 해결할 것인지에 대해 계획을 세울 수 있을 것이다. 중국에 굳이 갈 생각이 없는 독자들도 이 책이 부담 없이 읽을 수 있는 한 권의 수필이므로 이 시대의 중국 상하이 여행기로 여기고 친근하게 읽어 보아도 좋으리라 생각된다.

중국의 괄목할 만한 성장에 대해 많은 사람들이 예의 주시

하고 있고 상해는 서울보다 번화하다는 이야기들을 하며 상해에 가 보지 않은 사람들은 그 실제 현황에 대해 궁금해 한다. 나도 비슷한 생각을 가지고 그 속에서 서울과 비교하는 태도로 생활해 보았다. 그런데 경제적인 형편상 값싼 음식점이나 교통편을 이용하였고, 또 사람들과 어울리기보다 주로 혼자 돌아다녔으므로 여행의 성격으로 보면 배낭여행에 어울리는 쪽으로 생각된다. 즉 상해의 각 계층을 두루 체험한 것이 아니고 저렴한 숙소, 저렴한 여행경비로 체험한 상해 이야기라서 총체적인 상해 보고서라고는 할 수 없다. 그러나 대표적인 관광명소와 공공기관, 대학 등을 두루 다녔으므로 상해에 한두 달 체류하면서 여기저기 다녀 볼 생각을 하는 사람에겐 개략적인 길잡이가 될 수 있을 것이다. 그리고 상해에 호기심을 가졌던 일반인들도 수필체 서술과 많은 사진을 통해 상해의 실상을 알 수 있게 될 것이다.

이 책의 제목을 '리얼 상하이 쉬운 만다린'이라고 붙인 이유는 내가 직접 상해 속에서 생활하며 세세한 것까지 카메라에 담았으므로 상해의 진면모를 볼 수 있다는 점과 상해가 마치 대만 사람들이 민남어閩南語라는 방언을 쓰면서 학교에서는 국어國語를 배우고 공용어로 사용하는 것처럼 상해 말을 쓰면서 표준 중국어만다린, Mandarin를 공용어로 쓰고 있기에 중국 전역에서 통용되는 표준 중국어, 즉 북부방언인 만다린이란 표현을 부각시킨 것이다. 표준 중국어만다린를 배운 외국인이라면 상해 사람과 상해 말로 이야기할 수는 없어도 만다린으로 불편 없이 의사소통을 할 수 있다. 중국어라는 단어에는 엄밀히 따지면 각 지방의 방언도 포함되는 것이므로 여기서는 표준 중국어, 즉 만다린이란 호칭을 표제에 붙였다. 이 책에 간간이 나오는 중국어 회화는 실제로 내가 중국인과 대화를 나누었던 것을 메모해 두었던 것이다. 메모의 한계가 있기에 기초 중국어를 공부하는 사람들에게 도움이 될 간단한 대화만 예시하고 어려운 회화는 모두 생략하였다. 그런데도 중국의 지역이 넓다 보니 표준 중국어도 각 지방에 따라 조금씩의 편차가 있어 중국인이 보기에 이 책의 만다린은 만다린이되 상해 사람들의 표현방식이 느껴지는 만다린이라고 할 수 있다. 내가 느끼기에는 대만 표준어 쪽의 영향을 좀 받은 남방식 만다린 같기도 한데, 이런 편차는 사소한 것으로 여기 쓰인 중국어 회화는 학교교육을 받은 중국인이라면 누구와도 의사소통이 되는 표준 중국어만다린이다. 책 속에 간단한 회화, 즉 만다린회화는 간체자를 썼지만 중국어 단어는 번체자로 써서 번체자를 아는 사람들이 한자까지 아울러 공부할 수 있게 하였다.

끝으로 이 책을 만드는 데 애써 주신 출판사 편집팀, 디자인팀 관계자분들과 중국어 교열을 보아 준 한양대학교 안산캠퍼스 중국 유학생들에게도 감사의 뜻을 표한다.

최금옥

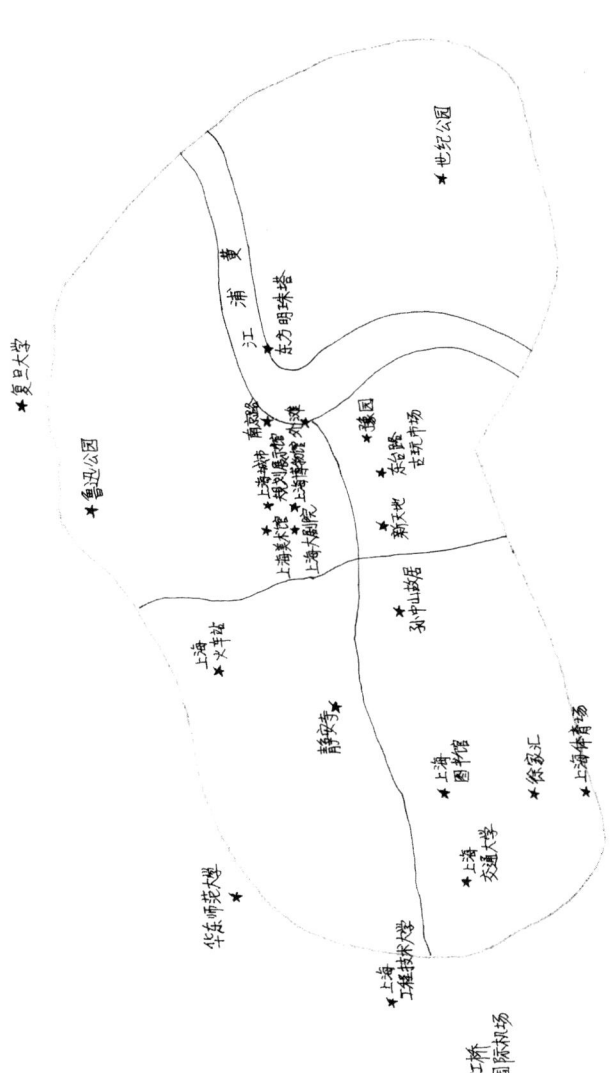

상해에서 다닌 곳

차례

1월 20일_ 到上海 • 상해에 도착하다

浦東機場/Pudong 공항은 생각보다 넓었다. 비행기 계단을 내려서 다시 버스로 7-8분가량 가야 터미널에 도착한다. 짐 찾는 곳이 많아서 방금 내린 비행기의 짐을 어디서 찾아야 하는지 한눈에 알기 어려웠다. 안내 데스크에 물으니 내 뒷면의 안내판을 가리키며 "那个牌子的后面写着." (저 안내판의 뒤에 쓰여 있습니다.)라고 알려 주고 後面을 다시 背面으로 반복해 주었다. 거기에 보니 무슨 항공은 몇 번에서 짐을 찾으라고 쓰여 있었다. 짐을 찾고 나서 海關/세관을 통과할 때 노트북을 신고하려고 직원에게 다가가 말했다.

我有笔记本电脑，我自己用的.
(저는 노트북 컴퓨터를 가지고 있는데요, 내가 쓰던 것입니다.)

哦, 你是韩国人啊! 不用. 这边走.
(아, 당신은 한국인이군요. 그냥 가세요. 이쪽으로 가세요.)

한국여권을 보더니 아주 친절하게 그냥 가라고 하는 것이
었다.

제자가 인터넷으로 알려 주었던 대로 機場3線/공항 3호선
버스를 향해 가서 큰 가방을 버스 짐칸에 싣고 버스에 올라
탔다. 승객 중에는 한국인 젊은이들이 많았다. 내 옆 의자 위
에 올려놓은 가방을 司機/운전기사가 "这个拿掉了. (이거 내려
놓으세요)"라고 해서 내려놓았다.

과연 손님들이 많아서 버스가 꽉 채워진 상태로 출발했다.

버스 앞쪽에 전광판으로 "欢迎你们. 您乘坐的是机场3线……
(여러분 환영합니다, 당신이 타신 버스는 공항 3호선입니다.……)"라
는 안내문이 뜨면서 한참 가다 龍養路라는 첫 정거장에서 한
국인들이 떠들면서 많이 내렸다. 나중에 알고 보니 浦東비행
장에서 가장 가까운 浦東의 한 지하철역이었다.

浦東에서 숙소가 있는 仙霞路까지는 꽤 먼 거리였기 때문
에 한 시간 정도 걸려 마지막 정거장인 銀河賓館/은하호텔에
서 내렸다. 그리고 호텔 앞에 대기해 있는 택시 중 하나를 붙
들고 물었다.

> 仙霞路上海工程技大能不能去? (시앤샤 루 상해 공정기술대학
>   갈 수 있나요?)
> 能. (갈 수 있지요.)

운전기사가 성큼 내려서 큰 가방을 차 뒤의 트렁크에 실어
주었다. 밤 10시가 좀 넘은 시간인데 거리는 환한 편이었고
다니는 차들도 적지 않아 보였다. 그런데 기사가 길을 몰랐
다. 나도 처음 가는 길이라고 하니까 휴대폰으로 어디에 전화
를 해서 학교 위치를 묻는 것 같았다.

"仙霞路什么路口? (시앤샤 루 무슨 길 입구라고요?)"라고 어디
쯤인지 묻더니 오래 걸리지 않아 목적지에 데려다 주었다. 요
금은 12위안으로 기본요금 11위안보다 1위안 더 나왔다.

上海工程技術大學라고 벽에 쓰인 것을 확인하고 교문 옆

의 경비실에 가서 물었다.

招待所在哪儿? (초대소는 어디에 있나요?)
右边. (오른쪽입니다.)

원래 한국에서 제자와 인터넷을 통해 물어 볼 때도 학교 안으로 들어와 오른쪽으로 쭉 가면 된다고 했었다. 길을 가 보니 불은 켜져 있으나 문은 잠겨 있는 行政樓/본부만 보였다. 다시 길을 바꿔 어둠 속을 한참 걸어가 보아도 招待所가 보이지 않아서 경비실로 되돌아가 다시 물었다. 그러자 아저씨 셋이 합창하듯이 말했다.

右边, 到底儿[1]! (오른쪽, 끝까지 가요.)

오른쪽 길로 끝까지 가 보니 차고가 있고 길이 막힌 듯한 곳이 나타났는데, 그 왼쪽 한편에 조그맣게 불 켜진 건물이 있어 거긴가 하여 문을 열고 들어가니 아저씨 한 사람이 있었다. 나는 한국인이고 이미 예약을 했다고 하니까 你的朋友/너의 친구가 소개해서 온 것 알고 있다고 한다. 제자를 친구라고 해서 나를 그렇게 젊게 보나 했는데 사실 중국인들은 50대 아저씨도 유치원 아이에게 小朋友/꼬마친구라고 하는

---

1 走到最后.(끝까지 가세요.)의 뜻을 상해 사람들은 이렇게 말했다. 사실 儿도 붙이지 않은 발음이었다.

것을 나중에 TV에서 보고 이해가 갔다.

　그 아저씨는 간단히 이름만 적고 여권도 보여 줄 필요 없다고 하고는 방세 문제는 내일 부班/오전근무를 서는 小姐/아가씨에게 얘기하라고 미루고 내 짐을 들고 3층으로 데려갔다. 계단의 카펫은 너덜너덜하고 복도는 그것조차 안 덮인 맨 시멘트 바닥이었다.

　房卡/방 열쇠도 열쇠 식인 구식으로 된 것을 아저씨가 눈이 안 좋아 서인지 호수를 잘못 알 고 엉뚱한 방을 열었는  데 누군가 그 안에 있었다. 그 맞은편 방이 302호 내 방이었다. 여기까지만 볼 때는 그동안 전전했던 중국의 1성급, 2성급 초라한 호텔의 경우에 비해서도 너무 허름해서 그야말로 곧 귀신이라도 튀어나올 것 같았다. 중국의 시골 초라한 버스에 몸을 실을 때같이 초라함의 리얼함이 골수에 스밀 지경인데 방 안은 의외로 중소도시 2성급 호텔보다 깨끗했다. 침대 두 개인 標準房/표준 방인데 호텔보다는 좀 좁은 듯해도 깨끗한 점이 마음에 들었고 욕실도 욕조는 없이 샤워기만 있어도 깨끗했다. 게다가 내일이면 인터넷도 연결해 준다고 하니 되기만 한다면 좋을 듯 싶었다.

　욕실을 둘러보다 변기 뚜껑 위에 뭔가 종이 쓰레기 같은

게 남아 있는 것 같았고 휴지는 안 보여서 휴지 같은 것은 제공 안 하는가 보다고 생각했다. 컵과 양치 도구는 있었지만 샴푸 같은 것도 생각했던 대로 없었다. 비행기에서 잘못 던졌는지 트렁크가방이 열리지 않아서 옷을 못 갈아입고 잠시 침대에 앉아 있는데 누군가 문을 두드렸다. 오기 전에 메일을 주고받을 때 제자는 회사에 가야 하니까 내가 저녁에 도착해도 다음 날 보자고 했는데 제자가 찾아왔다. 두꺼운 파카를 입은 차림이었다. 상해가 춥다고 電子褥/전기장판을 가져오라고 해서 낑낑거리며 들고 왔는데 아직 짐 들고 오느라 추위를 못 느끼는 나에게 羽絨服/오리털파카 차림의 제자는 주머니에 손을 넣고 옹송그린 자세로 "휴지 없지요, 드릴까요?" 하기에 우선 쓸 것은 있다고 했다. 家樂福/까르푸가 근처에 있고 택시나 버스를 타고 가면 된다고 해서 내일 내가 물어보겠다고 했다. 가방이 안 열리는 걸 걱정했더니 제자가 한 번 힘주어 툭 치니까 의외로 열렸다.

5개월 동안 회사가 제공해 준 이 숙소에서 살았기 때문에 잘 알 것 같아서 별 문제점이 없느냐고 물으니 별 문제가 없었다고 했다. 물을 한참 틀어 놓아야 뜨거운 물이 나온다는 것, 세탁기, 냉장고가 없는 것, 그런 점 빼고는 문제가 없다고 했다. 아까 지나온 계단이나 복도가 정말 역겹게 느껴졌지만 실내가 깨끗했고 또 내일 인터넷이 정말 연결된다면 복도는 깨끗하지만 실내는 더러운 2성급 호텔보다 더 나을 것 같아 한 달에 3,300위안이라면 그냥 있는 게 좋을 것 같은 생각이 들었다. 그래서 제자와는 내일 저녁식사를 같이 하기로 약속하고 제자는 5층에 있는 한 달에 1,500위안이라는 방으로 올라갔다. 이튿날 家樂福에서 휴지를 사 온 후에 다시 보니 변기 위에 새로이 종이가 놓여 있는데 알고 보니 그것이 이곳에서 제공해 주는 휴지였다.

1월 21일_ 家樂福(1)·까르푸(1)

전기장판 덕에 뜨뜻하게 자긴 했으나 잠자리가 바뀌어 3시 반경 깼다가 다시 잠을 더 잔 후 5시경 일어나 씻고 6시에 아침 먹으러 나가려 했는데 내려가 보니 현관문이 잠겨 있고 카운터엔 아무도 없어 도로 되돌아왔다. TV를 좀 보다가 다시 7시 반경 내려가니 早班을 서는 小姐가 있어 31일간의 房價/방세를 인터넷 포함 3,300위안에 합의를 보고 2월 20일 새벽 공항 가는 出租車/택시를 예약해 주기로 결정했다. 택시비가 "不会超过两百块钱. (200위안은 넘지 않을 거예요.)"이라고 하니 공항 근처에서 하루 숙박하는 것보다 편할 것 같았다.

아침을 먹기 위해 학교 문을 나서서 오른편 길로 죽 걸어갔다. 차들의 통행이 그리 잦은 편은 아니었고 도로 가의 자전거들도 붐비지는 않았다. 걸어서 출근하는 사람도 많은 듯했다. 도로가 넓고 높은 건물이 많아서 어제 택시기사가 학교를 못 찾은 것을 이해할 듯했다. 학교는 자그마한 분교였기 때문에 웬만한 큰 건물들이 아니고서는 찾기 어려울 판이었다. 10여 분 걸으니 도로 건너편에 粥/죽이라고 써 놓은 곳이 보여서 건너가 보니 3 - 5위안 하는 대여섯 종류의 죽이 있고 종이그릇에 담은 것을 비닐에 넣어 창구로 내주는 식이었다. 앉아서 먹을 곳을 찾아 조금 더 가 보니 中式餐廳/중식당이 있어 들어가 보았다. 만두가 맛없어 보여 小餛飩/작은 훈툰을 시켰는데 가격은 5위안이었다. 자리에 앉아 있으니 服務員/종업원이 그릇을 들고 물었다.

小馄饨谁买的? (작은 훈툰은 누가 시킨 건가요?)
我! (저요.)

오다가 全家/패밀리 마트에서 상해 地圖/지도를 6위안에 구입했다. 출근하는 사람들 사진을 찍다가 보니 큰 사거리의 紅綠燈/신호등에는 자전거 신호등도 따로 있는데 명확하게 지켜지지 않았다. 손을 꼭 잡고 가는 젊은 남녀의 뒷모습이 보였는데 여자는 청바지 위로 부츠를 신은 스타일이었다.

숙소에 돌아와 조금 있으니 문을 두드리는 소리가 들렸다.

打扫需要吗?[2] (청소 필요한가요?)

卫生间. (화장실요)

눈으로 화장실을 가리키며 말했다. 또 조금 있다가 키가 아주 큰 아저씨가 와서는 문고리를 새로 바꾸어 주고 열쇠로 시험해 보라고 했다. "锁掉了. (잠겼네.)" 하고는 다시 또 열어 보라고 하고 나에게 열쇠를 하나 주고 또 하나는 가지고 갔다. 그 작업을 하는 동안 빨간 파카를 입은 나이 좀 있어 보이는 아주머니가 계속 옆에서 지켜보고 있었다. 나중에 알았는데 역시 청소하는 아주머니였다. 인터넷을 연결해야 한다고 하니 점심때쯤 사람이 올 거라고 했다.

---

2 이 문장은 '需要打挤吗?'가 표준 어법에 맞는 말인데 주제어를 앞에 내놓고 말하였다.

TV를 보고 있노라니 화장품 선전을 반복해서 하고 있었는데 大長今/대장금 여파를 탄 선전이었다.

'女人四十美如花. (여자 마흔에 꽃처럼 예쁩니다.)'를 반복하며 복용 약과 바르는 약을 써서 '白了. (희어졌어요)' 하고 거무튀튀한 얼굴이 한국 탤런트의 흰 얼굴로 바뀌는 화면이라든가 '妈妈看起来像姐姐一样年轻. (엄마가 보기에 언니/누나 같아요)'이라는 젊음을 강조하는 선전이 계속되었다.

12시가 되기 전에 학생 같아 보이는 청년 두 명이 와서 인터넷을 연결해 주었다. 固定IP/고정IP를 써야 한다며 적어 온 IP 주소를 컴퓨터에 입력했다.

인터넷이 되기는 되는데 전기코드가 꽂혀 있지 않으면 금세 끊겼다. 한국에서는 코드를 안 꽂아도 1시간 이상 쓸 수 있는데 이상하게도 그렇지가 않았다. 빨간 파카 입은 청소 아주머니가 계속 옆에 있었기에 家樂福/까르푸 가는 길을 물었더니 학교 후문으로 해서 걸어가면 "走一刻钟就到. (십오 분 걸어가면 곧 도착합니다.)"라고 했다.

家樂福가 古北路/구베이 루에 있다고 했기에 이정표를 보면서 큰 길을 가는데 샛길이 하나 나타났다. 지나가는 아가씨에게 길을 물었다.

家乐福在哪儿? (까르푸는 어디 있나요?)
走过去, 转弯, 一直走. (건너가서 길을 돌아서 쭉 가세요.)

작은 길을 건너 공사 중인 왼편 건물을 끼고 도니 큰 길 저 앞쪽에 까르푸가 보였다. 점심때가 지났기에 우선 요기부터 하려고 둘러보니 말레이시아국수나 일본모밀 같은 외국국수요리나 덮밥류가 28 – 30위안 정도였고 사람들이 가득했다. 가격도 비싸고 그다지 먹고 싶은 요리도 아니어서 麥當勞/맥도날드로 가서 套餐/세트메뉴를 주문했더니 "十八块五. 收你二十. (18원 50전입니다. 20원 받았습니다.)" 하며 돈을 받았다.

우선 급하게 필요한 물품들을 구입하려고 둘러보았다. 사실 전기장판도 여유가 있으면 힘들여 가져올 필요 없이 여기에서 싼 가격으로 구입할 수도 있었다. 큰 매장 안에 온갖 물품들이 다 구비되어 있고 근처에 일본인들이 많이 산다고 하더니 일본인 쇼핑객들이 많았다. 숙사의 중국산 空調/냉온방기가 하나도 안 따듯했기에 전기난로 쪽을 둘러보니 한 무리 일본인들이 한 난로제품 앞에 둘러서서 얘기하고 있었다. 난로는 좀 더 두고 보아 사기로 하고 상품들의 가격대를 눈으로 훑어보았다. 전자제품들은 우리나라보다 약간 저렴한 가격에 사양도 낮은 듯했다. 다른 일용품들도 가격대가 우리나라보다 조금씩 싸서 대만에 있을 때 대만 것이 우리나라보다 조금씩 비쌌던 것과 반대되는 느낌을 받았다. 수건, 드라이어, 휴지, 그리고 일회용 과일 등을 샀다. 그 내역은 다음과 같다.

素缎面巾(세수수건) 15.90
素色提缎绣花方巾(작은 얼굴 수건) 5.90

草莓(盒)(딸기/팩) 4.98
白土司*3(토스트 빵/세 조각) 1.00
龙眼(롱앤) 2.84
松下EH5246吹风机(드라이어) 59.00
洁云卷筒纸买10送10(두루마리 휴지 1＋1) 16.90
　　小计(소계) 106.52
　　舍入调整(우수리정리) 0.02 -
　　总计(총계) 106.50
　　现金(현금) 110.00
　　找零钱(거스름돈) 3.50

　　저녁 6시경에는 약속대로 제자가 숙소로 찾아왔다. 함께 밖으로 나가서 걸으며 음식점을 찾았다. 아침에는 교문의 오른쪽을 가 보았는데 이번에는 왼쪽 편을 쭉 따라 걸었더니 상가들이 이어져 있고 음식점도 눈에 띄었다. 그중 00茶餐廳/

티레스토랑이라는 간판의 음식점이 눈길을 끌었다. 차도 마시고 식사도 할 수 있는 곳 같은데 의자가 소파형의 안락한 의자였다. 그래서 그곳으로 들어갔다. 메뉴판에는 香港式/홍콩식이라고 되어 있었는데 계란과 새우 살을 볶은 요리와 宮保鷄丁/꿍바오지띵과 野山菌이란 버섯을 넣은 탕과 空心菜볶음 등을 시켰다. 차는 짙은 맛이 느껴지는 색다른 차였다.

우선 뜨끈뜨끈하게 볶은 계란과 새우 살이 나와 그것을 먹고 있으니 조금 있다 宮保鷄丁이 나온다. 米飯/쌀밥을 가져오라고 했다. 보통 말 안 하면 밥은 안 갖다 주는 수가 있다. 탕은 언제나처럼 작은 세숫대야만큼 큰 그릇에 담아 왔다. 둘이서 먹으니 그래도 낫지 혼자서 이렇게 중국요리를 구색을 갖춰 시키면 너무 많이 남게 된다. 작년에 湖北省, 湖南省, 江西省 세 성을 답사를 다녀왔는데 그때 중국요리는 실컷 주문해 보았기에 이런 자리가 아니면 중국요리를 제대로 시켜서 먹을 필요는 없었다. 앞으로는 학교식당에서 식사하듯이 간단한 국수나 덮밥 같은 것으로 식사를 대신할 참이었다. 요리 값은 98위안이 나왔다. 계산은 '結賬'이란 표현도 있지만

홍콩에서는 '買單'이 더 많이 쓰이므로 여기도 남방이라 그렇게 표현해 보았다. 제자가 그 근처의 몇몇 음식점을 소개해 주고 크리스틴餅屋/제과점에 들러 아침에 먹는다고 빵을 샀다. 빵 가격도 한 개에 4~5위안으로 비싼 편이었다.

숙사에 돌아와 제자가 사는 방에 가 보았다. 상해에 남자 친구가 있다는 걸 알고 있었는데 방에 가 보니 남자 친구와 찍은 사진이 있었다. 키 크고 마른 듯한 미남형으로 어딘가 전형적인 상해 남자 같았다. 그러나 요리는 못한다고 했다. 그리고 상해 외곽지역에 사는데 상해 시내에서 만나자고 하면 버스를 어떻게 타야 할지 모른다고 겁부터 먹는 소심한 스타일이라고 했다. 제자의 방은 인턴으로 있는 회사에서 얻어 준 것으로 원래 낡았던 것을 새로 카펫을 깔고 옷장을 들여 놓았다. 회사에 다니니 당연히 빨랫감도 많이 나올 터인지라 방에 빨래가 많았다. 창밖으로 20층이 넘는 상해의 고층아파트 단지가 바라다 보였다. 저녁은 따뜻하게 먹었는데 방에 오니 난로가 켜져 있어도 또 오들오들 떨렸다. 奶茶/밀크티를 타 주기에 그것을 들고 마시는데 제자가 말할 때마다 입김을 내뿜는 것을 보니 안쓰러웠다. 이역 멀리 상해에서 취업해 보겠다고 아등바등 사는 모습을 실감했다. 그나마 남자 친구가 있어 큰 위안이 될 것이다.

제자에게 작별을 고하고 내 방으로 내려왔다. 제자도 방의 불빛이 어두워서 눈이 나빠지는 것 같다고 하던데 내 방도 눈이 침침할 정도로 불빛이 어두웠다. 우리나라의 환한 불빛이 얼마나 시원시원한 지 새삼 느껴졌다. 벽 위쪽에 붙은 海爾/하이얼 空調는 있으나마나 한 것이기에 방 안에만 들어오면 우선 전기장판을 꽂고 침대에 앉아서 지도를 보거나 메모를 하거나 해야 했다. 욕실의 물도 최소 30분 이상은 틀어 놓아야 따뜻한 물이 나오기 시작하므로 씻으려면 우선 물부터 틀어 놓아야 한다. 얼마나 많은 물 낭비인가! 중국도 TV에서는 시트콤을 하고 있어 저녁 때 즐겨 볼 만했다.

1월 22일_ 華東師範大學 • 화동사범대학

　오늘 아침에 일어나서는 어제 까르푸에서 산 식빵 세 조각을 한국에서 가져온 커피와 먹었는데 빵 맛은 그런대로 괜찮은 편이었다. 이렇게 적은 양을 파는 것은 독신자를 위해서인가 싶었다. 龍眼 과일도 작은 팩에 들어 있었는데 이것은 독신자와 냉장고가 없는 사람들에게 편리할 것이다. 한참 동안 물을 틀어 놓고 TV를 보았다.

　TV에서는 合家購物라는 홈쇼핑프로그램을 방송하고 있는 중이었는데 남녀가 껴안은 포즈에서 손목시계, 목걸이 등을 선전했다. 腕表/손목시계와 指環/반지를 "現在只有二十五只了 (지금 겨우 25개 남았습니다.)."라고 하며 주문을 재촉했다. 한 개에 758위안 또는 888위안 하는 비교적 비싼 가격대였다. 그리고 사면 부가로 주는 것이 있어서 "买的越多, 送你的越多.(많이 살수록 선물이 더욱 많아집니다.)"라고 반복해 댔다.

겨우 온수가 나온 뒤 씻고 7시 40분경 교문을 나서 출근길 사람들과 섞여 죽집을 찾아갔다. 瘦肉皮蛋粥를 4위안에 사고 "有没有勺子? (숟가락 없나요?)" 하고 물으니 비닐봉지를 가리키며 "这里有.(여기에 있어요.)"라고 한다. 숙사로 죽을 들고 와 먹어 보니 아직 뜨끈뜨끈하고 맛도 괜찮았다.

속옷을 세탁해 널고 인터넷을 서핑하는 중인데 노크 소리가 들렸다.

"有人吗? (사람 있나요?)"
"是谁? (누구세요?)"

문을 여니 茶壺/차주전자를 새로 바꾸어 준다. "谢谢! (고맙습니다.)" 하니 "不用谢.(뭘요)"라고 대답했다. 그리고는 물어볼 것도 없이 대걸레를 들고 와서 마룻바닥을 쓱쓱 닦는데 책상

밑으로 대걸레가 들어오기에 발을 쳐들었더니 "沒事, 沒事! (괜찮아요, 괜찮아요)" 하고는 나가면서 문을 잠가 주었다.

숙사의 실내는 정말 추웠다. 아침 출근길의 날씨는 한국보다 따뜻해서 좋았으나 실내에만 들어오면 추워서 참기가 어렵다. 대만에 있었을 때도 겨울 온도가 영하로 내려가는 적이 없어 실내 난방을 안 하니까 추워서 파카를 입어야 했는데 거기와 비슷하게 상해의 실내도 추워서 파카를 입고 책상에 앉아 공부를 했다. 이전에 교환교수로 왔던 중국인 교수 말에 의하면 중국은 전통적으로 겨울철 黃河/황하 이북은 난방을 하고 長江/양자강 이남은 난방을 안 한다고 하였다. 가끔씩 인터넷을 하려고 하면 또 속도가 엄청 느려 답답했다. 그래도 매번 網吧/피시방 가야 하는 것보다는 훨씬 나은 형편이라 참을 만했다. 추위에 약한 나는 추운 실내에 있으니 갈비뼈가 뻐근할 정도로 떨어야 했다. 잠시 전기장판을 깐 이불 밑으로 들어가 몸을 녹이며 오늘 오후 어디에 갈까를 생각했다. 지도를 보니 멀지 않은 곳에 華東師範大學/화동사범대학이 있어 우선 거기부터 가 보기로 작정하였다. 그 학교의 기숙사에 이번 겨울 식구들과 함께 묵을 예정이라는 후배가 있었는데 아직 올 때는 아니었다.

우선 점심을 먹어야 했기에 교문을 나서서 왼편으로 걸어가다가 음식점이 보여 안의 가격표를 창문 너머로 살펴 본 다음 비싼 것 같지 않고 또 덮밥 종류를 먹는 사람들이 보여 일단 들어갔다. 주방 앞에 걸린 메뉴판에는 辣肉面 7위안이 보이기에 서서 그걸 시켰더니 우선 자리에 가 앉으라고 하고 菜單/메뉴를 가져왔다. 그 菜單은 낱장으로 된 1회용이었다. 차근차근 살펴보니 紅燒牛肉面이 14위안이라고 되어 있기에 그걸로 바꾸어 시켰다. 내온 것을 보니 양도 많고 고기도 대여섯 조각 들어 있어 배불리 먹을 만했다. 여기에 얹은 중국요리의 양념채소 香菜/시앙차이 같은 것에 거부반응이 없는 사람이라면 맛있게 먹을 것이다. 배가 든든한 상태로 車站/버스 정류장으로 향했다.

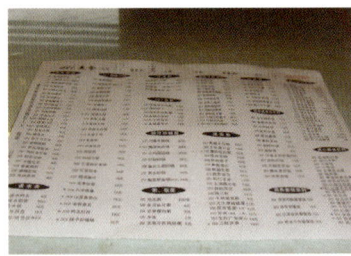

지도로 미리 연구하고 올 때 69번 노선이 가는 걸로 알았는데 站牌/정류장 팻말을 보니 856번도 가기에 올라탔다. 售票員/매표원이 다가오기에 "多少钱? (얼마인가요?)" 하니 못 알아듣는 표정이다. 알고 보니 다들 그가 내미는 전자판에 카드를 대고 찍었다. 현금으로는 2위안이었다. 의자는 차가운 플라스틱 의자였고 사람들은 머리를 안 감은 듯한데다 대부분 거무스름한 옷을 입고 있어 청결한 느낌이 없었다. 그러나 버스 앞쪽의 전광판에 다음 정거장이 어디라고 친절히 안내되고 또 방송 녹음

안내도 있기에 쉽사리 華東師範大學에 당도했다. 교정에는 나무들이 비교적 많은 편이었으나 특별히 눈을 끄는 건물은 없었다. 文科樓/문과대학에서 나오는 한 남자를 붙들고 물었다.

中文系在这里吗? (중문과가 여기에 있습니까?)
以前在这里, 现在搬到别的校区了. (예전에는 여기에 있었는데 지금은 다른 캠퍼스로 옮겨 갔습니다.)

그의 표정과 말투가 친절했다. 발길을 돌려 조금 더 가니 대학출판사가 있다.
出版社/출판사에서 책을 파는지 궁금해서 또 물었다.

这里卖书吗? (여기에서 책을 팝니까?)
隔壁! (이웃집에서요.)

바로 옆에 학교출판사의 책을 팔고 있었다. 중고생 학습서와 대학교재들이 대부분인 작은 서점이었다. 英中 유머 책 하나를 10위안에 샀다. 중국어 관련 책이 딱 한 권 있었는데 상·하 86위안으로 너무 비싸 서지사항을 메모하고 학교 도서관에 신청하여 사기로 마음먹었다.

학교 캠퍼스는 크지 않았고 특징 있는 건물이 없었다. 중국의 대학에 흔한 것처럼 한 줄기 강이 흐르고 다리가 놓여 있는 것이 우리나라와 다른 특색이랄까. 또 모택동 동상도 흔히 보이는 학교 안의 풍경이다. 사진 몇 장을 찍었다. 중국에는 잔디를 보호하는 다양한 문구가 특징인데 한 곳에 "环境的整洁如同您形象美丽一样重要.(환경의 청결은 당신의 아름다운 외모처럼 똑같이 중요합니다.)"라고 팻말을 붙여 놓은 것이 눈에 띄었다. 되돌아서 교문 쪽으로 나오다 보니 한 커플이 대로에서 껴안고 있는 것이 보였다. 학교교문 왼편에는 好又多(좋고 또 많은) 마트가 있었다. 69번 버스에 올라타니 空調車/냉난방차라 훈훈했다.

古北路/구베이 루가 보이기에 그 근처에서 내려 학교로 돌아왔다. 숙사에 들어서려는 순간 總台/본부의 40대로 보이는 깐깐한 劉小姐가 "嘿, 老师!(헤이, 선생님!)" 하고 불러 세우고

는 방세를 오늘이나 내일 일부 내라고 해서 일단 방 안으로 돌아온 다음 1,500위안을 챙겨 내려가 갖다 주었다. 영수증을 써 주는데 글씨를 잘 쓰기에 한마디 했다.

你们写字写得很漂亮. (당신네들은 글씨를 아주 예쁘게 씁니다.)
韩国人写字很清秀. (한국인들은 또박또박하게 쓰지요.)

방으로 돌아와 전기장판에 몸을 녹였다. 이불은 며칠 지나야 한 번 갈아 놓아 주는 듯했다. 세탁기가 없기에 이 숙사의 이불 시트는 숙사 앞마당의 빨랫줄에 널어 말리는 듯했다. 그러니 자주 갈아 주기가 어려울 것이다. 저녁때가 되어서 다시 밥 먹으러 밖으로 나갔다.

점심때 갔던 021快餐/패스트푸드를 밖에서 살펴보니 자리가 있어 보여 들어가 앉았다. 또 1회용 메뉴종이를 가져 오기에 이번에는 저렴한 것으로 魚香肉絲飯 10위안이라고 되어 있는 것을 시켰다. 요리로 된 魚香肉絲는 16위안인데 魚香肉絲飯은 약식인지 10위안밖에 안 했다. 服務員/종업원이 물었다.

就这鱼香肉丝饭吗? (바로 이 위샹로우쓰밥만요?)
对. (그래요)
打包还是在这儿吃? (싸 갑니까 아니면 여기서 드십니까?)
在这儿吃. (여기서 먹어요.)

사나흘 여행하는 것도 아니고 한 달을 있을 예정이니 집에서처럼, 그것도 방학 때 집에서처럼 간단히 끼니만 때우면 된다고 생각하고 최대한 저렴하게 식사를 해결할 생각이었다. 그런데 가지고 온 음식을 먹어 보니 말로만 듣던 가짜 고기가 아닌가 싶었다. 부실하기 짝이 없는 건더기들에 고기는 정말 비닐을 씹는 듯 뭔가 이상했다.

北京이니 靑島니 여러 곳에서 魚香肉絲를 14위안에서 18위안 정도에 밥 한 공기와 맛있게 먹었던 기억이 있는데 이집도 요리는 아마 맛있는지 모르겠지만 이런 덮밥 형식은 형

편이 없었다. 가격이 싸니까 금방 차이가 나는 것이다. 넘어올 듯한 것을 참고 적당히 먹은 후 밖으로 나왔다.

TV에서는 눈이 예쁜 연예인들이 나와서 눈을 예쁘게 하는 비법들을 이야기하고 있었다. 한 연예인의 눈을 두고 主持人/진행자가 "眼睛漂亮得杀死人. (눈이 사람 죽이게 예쁩니다.)"이라고 치켜세웠다. 눈을 밉게 하는 동작에 '大笑/박장대소'가 있는데 그 예로 우리나라 여자 코미디언이 크게 웃는 모습을 보여 주었다.

또 한 프로는 軍訓/군사훈련을 받는 남녀 군인들이었는데 극 중이라 그런지 다 미남미녀들이었고 자유분방하게 머리꽁지를 뒤로 묶은 남자군인도 있었다. 군대 용어로는 '向右转! 齐步走! 集合! (우향우! 나란히 행진! 집합!)' 등이 자주 들렸다.

1월 23일_ 上海書城(1) • 상해서점(1)

어제보다 약간 늦은 7시 50분경 교문 밖을 나서니 도로에 차량통행이 많고 출근길의 사람도 많았다. 죽집도 붐비는 편이었다. 3위안인 小米南瓜粥을 사고 옆의 만두집에서 菜包/야채만두 1개를 1위안에 샀다. 十字路口/사거리에서는 公安/경찰(police)이 교통정리를 하고 있었다. 숙소로 돌아와 오전 중에는 공부를 했다. 그리고 오후에 갈 곳을 상해 최대서점인 上海書城/상해서점으로 정하고 지하철 노선도를 점검했다. 우선 점심을 먹으러 교문 왼편으로 걸어갔다. 도로를 따라 상점들이 즐비한데 부츠를 세일하는 신발 가게가 있어 사진을 찍어 보았다. 중국 여자들은 대부분 청바지 위로 긴 부츠를 신는 차림새이다. 중국의 현금지급기는 또 길가에 노출된 형태로 되어 있는 것이 특징이다. 021에서 한 블록 건너에 있는 心一代로 가서 10위안 하는 客家湯面을 시켰다. 맛은 괜찮았으나 양은 많지 않았다. 이 음식점은 크지는 않았고 좀 깔끔한 편으로 혼자 먹는 사람들도 눈에 띄었다.

지하철역은 다시 학교 쪽으로 되돌아와 교문의 오른편 길로 해서 가야 했다. 가다가 맞은편에서 오는 두 여자에게 물었다.

地铁站在哪儿? (지하철역은 어디에 있습니까?)

走到十五分钟, 往左转, 对面就是. (십오 분 정도 걸었을 때 왼쪽으로 도시면 맞은편이 바로 지하철역입니다.)

그녀의 손짓과 말로 한 방향이 달라서 물었다.

往右转吧? (오른쪽으로 도는 거겠지요?)

不好意思. (미안해요.)

走到路口, 往右拐, 就看得到. (사거리까지 걸어가서 오른쪽으로 돌면 바로 보일 거예요.)

몹시 친절한 표정으로 웃음을 지으며 가르쳐 주었다. 사실 그 여자들 편에서 보면 왼쪽인 셈이었다. 좀 걸어가다 사거리에서 우회전하니 맞은편 길 건너에 지하철역이 보였다. 지하철역으로 가려면 큰 길을 건너야 하는데 횡단보도도 없고 사람들이 알아서 차를 피하며 건너가기에 나도 그렇게 했다. 중국에서 오래 잘 있다가 오는 사람은 분명 신중한 성격의 사람으로 봐야 한다. 교통이 엉망인 데서 다치지 않고 살아남는다는 것은 쉬운 일이 아니기 때문이다.

　지하철 역사 안에 지하철 표 자동판매기가 눈에 띄기에 그리로 갔다. 행선지의 거리에 따라 가격차가 있었는데 최소 3위안에서 6위안으로 몇 년 전 북경의 3위안보다 비쌌다. 南京東路站/난징동로역에 내려야 갈 수 있기에 모니터에 뜬 것을 잘 살펴보고 2호선을 선택해서 南京東路를 터치하니 가격 4위안이 뜨고 동전 투입구에 돈을 넣으니 밑으로 지하철 표가 나왔다. 특이한 것은 동전을 넣을 때 1장은 버튼을 누를 필요가 없이 默認1張(1장은 묵인)이라고 되어 있는 것이다. 두 장세 장을 살 때는 그에 맞는 숫자를 눌러야 하지만 한 장은 그냥 동전 4위안만 넣으면 표가 나온다. 默認/묵인이라는 한자를 알아보는 사람이면 쉽게 이해가 될 것이다. 여기에서 한자를 많이 알면 도움이 된다는 것을 확인할 수 있었다. 안내방송은 대략 다음과 같다.

> 欢迎乘坐二号线. 下一站南京东路站. 下车乘客请提前做好
> 准备…… 南京东路站到了. 下车乘客请依次从左边车门
> 下车. (2호선에 탑승하신 것을 환영합니다. 다음 정거장은 난
> 징 동로 역입니다. 내리실 분은 먼저 준비를 하십시오. ……
> 난징 동로역에 도착했습니다. 내리실 분은 차례대로 왼쪽 문으
> 로 내리십시오.)

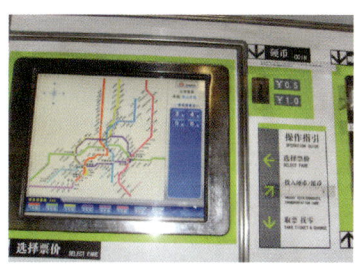
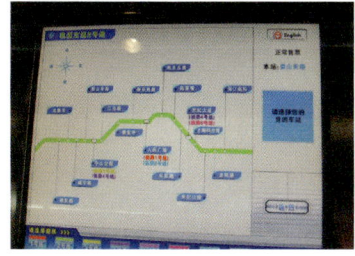
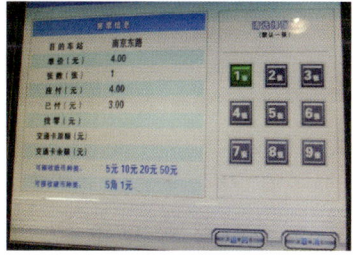

지하철역에서 나오니 샛길이 복잡하게 나 있어 상해서점을
찾기가 쉽지 않았다. 지나가는 사람에게 물었다.

> 上海书城在哪儿? (상해 서점은 어디에 있나요?)
> 一直走. (계속 가세요.)

계속 가도 안 보이기에 다시 물었다.

上海书城在哪儿? (상해 서점 어디에 있나요?)

往前一点儿. (좀 더 앞으로 가세요.)

좀 더 가니 작은 사거리의 한 귀퉁이에 나뭇가지 사이로 콘크리트 건물이 솟아 있고 上海書城이라는 검은 글씨가 보였다. 가까이 다가가니 왼쪽 대리석 벽에는 각국의 언어로 책에 관한 글이 쓰여 있는데 日語/일어는 있지만 한국어는 없었다.

서점 안은 사진촬영이 금지였고 현관 입구에 베스트셀러들이 쌓여 있는데 ≪慢生活/느린 생활≫, ≪論民主/민주를 논함≫ 같은 제목의 책들이 상해인의 관심을 나타내 보여 주었다. 외국어 서적 코너는 4층에 있는데 英語/영어가 단연 많고 法語/불어、德語/독일어、日語/일어、기타 언어 식으로 되어 있는데 기타 언어에 한국어가 안 보여 실망스럽고 이상하기도 하여 服務員에게 한국어 책은 어디 있느냐고 물었더니 좀 떨어진 곳에 있는 한국어 專架/전문서가로 데려다 주었다. 생활한국어, 관광한국어 등 실용적인 한국어 책이 꽤 많았다. 韓流/한류 덕택에 한국어도 찾는 사람이 많아 專架를 구비한 듯했다. 궁금증을 풀은 후 기초중국어를 가르치는 데 필요한 서적이나 공구를 구하기 위해 어린이 도서 코너에 갔다. 매장 바닥에 앉아 책을 읽고 있는 꼬마들이 많았다. 小學生成語詞典/초등학생 성어사전을 하나 사고 유사한 몇 개의 책들은 서지사항을 수첩에 메모하여 학교 도서관에 신청하기로 마음 먹었다. 매장 한구석에 그림을 가지고 숫자를 연습하는 그림표가 하나 있었고 발음기호를 배열한 雙面掛圖/양면 벽걸이 그림도 있어 그것들을 샀다. 이때 한 젊은 남자가 나타나더니 그거 어디서 구했냐고 한다. 가리켜 주었더니 역시 발음기호표 한 장을 집어 간다. 자기 아이를 가르치는 데 쓰려고 하나 보다 싶었다. 중문학이나 중국철학 관련 서적은 전문적인 게 많은 편은 아니었다. 3학년 수업하는 데 교재로 쓸까 하여 ≪身體: 思想與修行≫이란 책을 한 권 샀다.

의자가 구비되어 있는 곳이 없어 에스컬레이터로 통하는 건물 둔덕에 걸터앉아 책을 읽는 사람들이 많았다. 화장실에 가 보았더니 붐비지는 않았지만 사람들이 한 줄로 줄을 서서 기다리고 있었다. 문은 제대로 밀폐된 화장실이었는데 물이 잘 내려가지 않아서 누가 변기에 버린 팬티라이너가 둥둥 떠 있었다. 다시 지하철역을 더듬어 찾아가 지하철을 탔다. 이 역이 큰 역인지 사람들이 잔뜩 타더니 한 정거장 뒤인 환승역 人民廣場/런민광장에서 또 우르르 많이 내렸다. 그래서 내가 처음에 출발했던 婁山關路역까지 앉아서 올 수 있었다. 저녁은 또 心一代에 가서 紅燒牛腩飯을 16위안에 사 먹었다. 메뉴판을 보니 국이 없어도 먹을 만할 것 같았다. 그런데 아니나 다를까 점원이 물었다.

汤不要吗? (탕은 필요 없나요?)
不要. (필요 없습니다.)

고기가 많이 나오고 야채 조금과 땅콩무침이었다. 밥도 양이 좀 많은 듯했다.

1월 24일_ 上海書城(2) · 상해서점(2)

　오늘 아침엔 유난히 온수가 늦게 나왔다. TV의 희곡공연이
몇 개가 끝나도록 물이 차가운 채였다. 지방극들은 일부 단어
는 표준어로 일부는 사투리로 연출하는 듯했다. 한국의 학교
도서관에 도서 구입을 신청하려고 인터넷에 접속하니 서지사
항에 ISBN넘버를 쓰는 난이 있어 그것을 어제 알아오지 않았
기에 오늘 다시 上海書城에 가야 되었다. 9시부터는 TV에서
海南島/하이난 섬 개발 관련 회의를 하기 시작했다. 海南省第
四屆人民代表大會第一次會議 / 하이난 성 제4차 인민대표대
회제1차회의를 하기 시작하는데 빨강색 넥타이를 맨 대표자
가 꽃다발을 앞에 두고 혼자서 고개 숙이고 원고 읽기를 장장

1시간을 계속하였다. 그동안 탁상 위에 물병과 자료를 놓고 앉아 있는 각 지방 대표단은 가끔 하품을 하며 듣고만 있었는데 찬반의사를 거수로 물을 때엔 모두 다 만장일치로 손을 드는 것이 인상적이었다. 소수민족 대표 여성은 소수민족 의상을 입고 있었다. 이렇게 한 시간을 보고 형식으로 진행한 뒤 "당의 지도하에 건설합시다!"라고 하고는 회의를 마쳤다.

어제 익혔던 길을 따라서 이번에는 쉽사리 상해서점에 도착했다. 지하철역 앞은 대로가 아닌 좁은 길이었지만 높은 건물이 많았다. 서지사항을 다시 보충하고 외국문학 코너를 돌다 보니 日韓小說/일한소설 專架도 있었다. 可愛淘/귀여니 같은 작가의 청춘남녀소설이 대부분이고 최인호의 ≪商道/상도≫나 은희경의 소설 같은 책도 간혹 섞여 있었다. 이곳저곳 서가를 기웃거리고 있을 때 중고등학생으로 보이는 남자아이가 물었다.

阿姨, 现在几点了? (아줌마, 지금 몇 시에요?)
一点半. (한 시 반이다.)

점심때가 지났기에 서점을 나와 길을 걷다가 비교적 저렴해 보이고 사람이 많은 음식점에 들어가 보았다. 阿牛嫂全國連鎖라고 쓰인 집인데 사람들이 큰 대통 속에 담긴 밥을 많이 먹고 있었다. 카운터 위의 메뉴에는 그것이 안 보여서 그냥 13위안 하는 魚香肉絲

飯을 시켰다. 021에서 먹었던 가짜 魚香肉絲飯보다는 좀 나았지만 중국의 다른 지역에서 맛있게 먹었던 魚香肉絲의 맛을 맛볼 수 없었다.

음식점을 나와서 길을 계속 걸어가니 上海旅行社라는 여행사가 보여 들어가 한국인인데 중국인 관광객과 같이 黃山/황산 여행을 갈 수 있는가 물어보았다. 한국인이라니 春秋여행사인가로 가 보라고 하는 것 같았는데 길을 꺾어 계속 가도

그런 여행사는 안 보였다. 꺾어서 간 길이 넓은 길로서 바로 人民廣場이었다. 외국인들도 많이 눈에 띄고 높은 건물들이 많았다. 사람들로 북적대는 길을 가다 보니 한국 음식점이 길가에 하나 있는데 떡볶이가 한 접시에 30위안이었다. 韓流를 타고 이런 음식점

도 중심가에 자리 잡고 있는 것이다. 아무래도 아까 上海旅行社 부근에 여행사가 많이 모여 있는 것 같아 걸어가던 길을 되돌아 걸어왔다. 길모퉁이의 한 작은 여행사에 들어가니 좁은 실내에 두 여자가 나란히 앉아 상담에 응하고 있었다. 한 젊은 아가씨가 春節/음력설 무렵에 여행을 가려고 상담하는 중이었다. 나도 그때쯤 황산에 가려고 한다. 한국인이고 혹시 조카가 오면 둘이 같이 가고 안 오면 혼자 가려고 한다니까 그럼 혼자 가면 補房費/싱글 룸 차아지를 내야 한다고 하였다. 혼자 갈 확률이 높기에 그럼 여행비가 생각보다 비싸다고 걱정했더니 젊은 여자가 갑자기 "你是韩国人啊? 我们一起去吧. 我们两个人住一间房间, 不行吗? (한국인이세요? 우리 같이 가요. 우리 두 사람이 같은 방 쓰면 되지 않아요?)" 그러나 여행사 직원은 한국인은 중국인과 한방을 써서는 안 된다, 안전에 문제가 있을 수 있다고 딱 잘라 반대했다. 가게 되면 나중에 전화로 결정을 하기로 하고 명함을 받아 가지고 나왔다.

숙사에 돌아와 쉬고 있는데 예기치 않게 제자가 찾아왔다. 인턴으로 있으면서 취업을 알아보던 중이었는데 한 무역회사에 취업이 되어 건강진단서를 떼야 하게 되었고 그 때문에 본래 春節에 한국에 가려던 것을 연기하게 되어 오늘 하루 휴가를 내고 돌아다녔다고 한다. 건강진단서가 한국에서는 17만 원인데 중국에서는 10만 원 안쪽으로 할 수 있으니 중국에서 진단서를 받을 참이라고 한다. 오는 김에 상해 안내책자 두 권을 가지고 와서 내게 빌려 주었다. 사실 나는 아무런 안내 책자도 준비하지 않고 그냥 온 참이라 몹시 고마웠다. 오늘은 저녁을 자기가 사겠다고 해서 그러라고 했다. 자기 숙소로 돌아갔다가 잠시 뒤 6시에 맞추어 내려왔기에 함께 거리로 나갔다. 교문을 나서 왼편으로 계속 걸었다. 心一代를 지나 조금 더 가니 새로 생긴 돈가스를 파는 집이 있기에 거기로 들어갔다. 새로 개업한 집이라 깨끗한데 사람이 적었다. 돈가스와 비빔면을 시켰는데 가격도 저렴하고 맛도 그런대로 괜찮았다.

새 음식점을 알아 두었으니 나중에 또 와야지 생각했다. 학교 숙사 쪽으로 걸어오는데 공터에서 한 무리의 사람들이 모여 춤추고 있었다. 얼마 떨어지지 않은 곳에 또 한 무리의 사람들이 춤추고 있어 서로 뭐가 맞지 않아 따로 노는가 싶어 우스웠다. 제자가 내 디지털카메라로 춤추는 사람들 사진을 찍었으나 어두워서 제대로 찍히지 않았다.

커피집에 가 보는 게 어떨까 싶어 평소 지하철 타러 걸어

갈 때 지나쳤던 학교 오른편에 있는 上島咖啡에 가 보았느냐고 물었더니 못 가 보았다고 하기에 좀 멀지만 그곳으로 향했다.

咖啡廳/카페는 공간이 넓었고 약간 높은 창가 가장자리석에서는 저녁식사들을 하고 있는 듯했다. 우리는 움푹 팬 가운데 쪽에 자리 잡고 앉아 菜單/메뉴을 들고 온 服務員에게 말했다.

我们已经吃饭了, 只想喝茶. (우린 이미 밥 먹었어요. 그냥 차만 마실 거예요.)

菜單에서 拿鐵咖啡/카페라떼(32위안)와 珍珠奶茶/진주밀크티(25위안)를 골라 시켰다. 珍珠奶茶는 작년 답사 때 중국의 내륙지방의 한 카페에서 마신 적이 있는데 이번에 제대로 다시 맛보았다. 奶茶/밀크티 바닥에 검은 진주 같은 미끈미끈하게 씹히는 알맹이가 있는 차인데 빨대로 음료와 알맹이를 빨

아 먹는 재미가 있다. 차 가
격은 몇 년 전 북경에서 북
경대 교수와 마셨던 커피집
의 차 가격과 비슷했다. 평
소 학교 식당 수준의 식사에
비할 때 꽤 비싼 음료가격이
라 하겠다. 저녁을 먹은 후
에 양이 많은 음료를 마시니
배가 그득했다.

숙사로 걸어 돌아와 제자
와 헤어지고 잠시 TV를 보았다. 재혼 남녀가 꾸린 가정에서
어린아이들이 일으키는 다양한 일상사를 코믹하게 꾸민 시트
콤으로 제목은 '家有兒女/집안에 자녀가 있네'였다. 중국은
70년대 후반 計劃生育/계획출산을 시행한 후로 한 자녀 가정
이 대부분인데 딸 하나와 아들 둘이 극작가 아버지와 전업주
부 사이에서 온갖 말썽을 일으키는 내용이다. 가끔 할머니와
이웃사람도 등장하나 주된 인물구성은 이 부모와 자녀들로서
경제 성장과 함께 1가정 1자녀 정책에 반기를 드는 사람들이
많아지는 시대상을 반영하여 다자녀 가정에 대한 중국인의
희망을 대리충족시켜 주는 프로그램인 듯했다. 아버지는 夏
東海, 엄마는 劉梅, 큰딸은 夏雪, 큰아들은 劉星, 막내는 夏
雨인데 초등학생인 큰아들이 마르고 작은 체구인데도 지침
없이 발랄하게 코믹 연기를 잘했다.

1월 25일_ 上海博物館 • 상해 박물관

어제 좀 늦게 잔 탓에 6시에야 기상했다. 서둘러 씻고 출근 길 사람들과 섞여 죽집 쪽으로 향했다. 죽집 옆에 臺灣手抓餅이 있는데 사람들이 많기에 나도 거기에 줄 서 보았다. 이건 1990년도에 대만에 있을 때 맛보지 못했던 신식 음식인 듯했다. 철판에 밀가루를 잡아당겨 가며 굽고 거기에 계란, 치즈, 소시지 등 중 하나를 골라 얹어 소스를 뿌리고 둘둘 말아 주는 것이었다. 한 가지 얹는 것이 하나에 1위안이었다. 밀가루 부침개 4위안에 1위안을 보태면 5위안이다. 내 차례가 되었다.

你要加什么? (무얼 첨가하시겠어요?)

加火腿. (소시지요.)

집게를 들고 밀가루 부침개를 잡아당기며 재료에 소스를 뿌리고 하는 아줌마는 눈이 사팔뜨기였다. 그것을 접어 종이 봉지에 담아 주었는데 숙사까지 들고 돌아와서 맛을 보니 대단히 맛있었다. 구운 밀가루와 소시지 그리고 매콤한 소스가 매우 고소한 맛을 주었는데 다 먹어 갈 때는 조금 느끼했다.

방 안에서 떨며 공부하고 있는데 청소아줌마가 와서 화장실을 청소했다. 며칠 전 "打打需要吗?"라고 할 때 화장실만 필요하다고 대답한 이후 방 안은 대걸레질을 하지 않고 화장실만 청소하고 茶壶/차주전자를 새로 바꾸어 주고 가는 식이었다. 고맙다고 하면 가장 흔한 대답이 "不用谢."였다.

점심은 021에서 14위안 하는 紅燒牛肉面을 시켰다. 항상 좌석마다 낱장의 菜單을 가져다주기에 가지고 가려고 물었다.

这个可以拿走吗? (이거 가져가도 됩니까?)

可以. (돼요.)

내가 창가 쪽 가장자리에 앉아 있었는데 웬 아주머니가 들어와 탁자 맞은편에 털썩 앉으며 말을 걸었다.

你吃的是什么? (당신이 먹는 것은 무엇인가요?)

红烧牛肉面. (쇠고기 조림 국수입니다.)

多少钱? (얼마입니까?)

十四块. (14원요)

一个人吃不用吃菜, 就吃一碗面吧. (혼자서 먹는데 요리를 먹을 필요 없지, 국수나 한 그릇 먹지 뭐.)

"来一碗红烧牛肉面." (쇠고기 조림 국수 한 그릇 주세요.)

식사를 마치고 지하철을 타고 人民廣場에 있는 上海博物

館에 갈 생각이라 다시 학교 쪽으로 걸어 돌아와 학교를 지나쳐 지하철역으로 갔다. 人民廣場은 무슨 북경의 天安門광장 같은 광장이 있는 것이 아니라 人民大道 근처의 넓은 지역을 다 포괄하는 듯했다. 그 근처에 미술관, 박물관, 도시개발계획관 등이 다 모여 있는 번화한 곳이다.

박물관에서는 명청목제가구전과 중국화폐전시를 하고 있었는데 우선 명청목제가구전을 둘러보았다. 한쪽 벽면을 차지한 전시품은 할머니 도슨트의 설명을 엿들은 바로는 상해 지하철을 팔 때 출토된 명대의 유물들이라고 하였다. 목제 침상과 그 외곽을 두른 가구가 있는데 갓 시집온 여자는 이 침상 밖으로 나가지도 않고 안에서만 며칠을 생활한다고 하였다. 그 근처에 세숫대야, 물주전자 등 생활용품이 있었다. 기타 다양한 목제 의자들과 병풍 등이 전시되어 있었는데 실내의 벽면에 병풍이 있으면 대개 그 뒤는 밖으로 통하는 문이기가 쉽다. 나가는 사람의 뒷모습을 감추기 위해 병풍을 치는 것이다. 특이한 점은 책상 위에 자연 무늬의 작은 대리석 병풍이 있는데 그것은 창으로부터 얼굴로 불어오는 바람을 막는 역할을 한다고 하였다. 기타 조각을 아로새긴 장롱 같은 것은 우리나라의 장롱과 비슷했다.

중국 고대의 화폐는 주조식이었는데 근현대에 들어와 서양 화폐제조기술의 영향을 받아 기계로 찍어 내는 형태가 채용되었다 한다. 종이 화폐는 늦게 출현했는데 목판, 동판, 석판, 그리고 기계인쇄의 네 종류의 제조방법이 있다. 역사적으로 살펴보면 先秦시기에는 원시화폐, 금속화폐, 주조화폐가 병용되었고 진시황이 천하를 통일한 후로는 황금을 상급화폐로 보고 半兩을 하급화폐로 사용했는데 이 화폐들은 한나라 초기에도 이어졌다. 전한과 후한을 통틀어 주로 사용된 화폐는 五銖錢이었다. 위진남북조시기에는 국가가 분열되어 화폐가 발달하지 못했고 수대에 이르러 다시 화폐가 통일되었다. 당나라 때에 와서는 화폐제도에 큰 변화가 생겨 중량단위로 화폐의 명칭을 부르던 것을 폐지하고 通寶, 重寶 등으로 화폐 이름을 붙이고 文을 화폐단위로 삼는 寶文錢制가 성립되었다. 송대에는 동과 철로 주조한 화폐가 쓰였고 또 신용화폐로서 종이화폐가 출현하여 광범위하게 사용되었다. 원나라 때에는 종이화폐가 주로 쓰였고 동전의 주조가 적었으며 명나라 때에는 초기에는 동전을 주조하다 후에는 종이화폐를 주로 썼다. 명 중기 이후로는 종이화폐가 쇠퇴하고 동전을 주조하다 은전이 많이 쓰이게 되었다. 청나라 때에는 전통식으로 네모가 뚫린 동전이 계속 주조되었다가 광서연간부터는 기계로 은전과 동전을 찍어 내었다. 중앙 및 지방 금융기관에서는 모두 지폐를 발행하여 둥근 형태에 가운데 네모난 구멍이 있는 전통식 화폐에 큰 변혁이 생겼다.

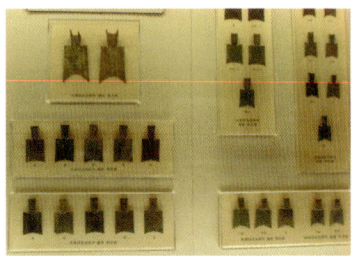

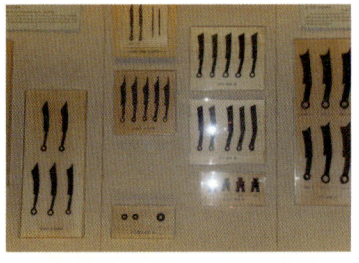

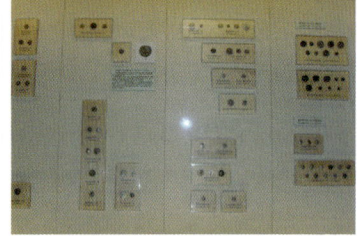

한편에는 소수민족 복식전시회가 열려 있었다. 소수민족의 의상은 대동소이한 편이었는데 공자가 "관중(管仲)이 아니었더라면 나는 머리를 풀어헤치고 옷깃을 왼쪽으로 여몄을(미개한 종족을 가리킴) 것이다."

라고 한 말을 상기하고 보니 모두 나름대로 머리에 모자 등을 쓰고 옷깃은 오른쪽으로 여미고 있어 한족의 복식과 확연히 다른 오랑캐의 풍습인 '被髮左衽'은 아닌 셈이었다.

　다섯 시가 되어 閉館/폐관을 알리는 방송이 나오고 사람들이 다 나가기 시작해서 나도 밖으로 나왔다. 人民廣場 지하철역은 대단히 컸다. 밑에 지하상가도 엄청 많았다. 상해 지하철에는 올라가는 에스컬레이터는 있어도 내려가는 것은 계단뿐이었다. 心一代에 대만식 국수가 있던 것 같아 가볍게 米粉/미펀을 먹으려 했으나 볶은 종류 뿐이라고 하여 湯/탕은 없느냐고 했더니 牛肉粉絲湯을 먹으라고 했다. 소화가 잘 안 된다고 했더니 "牛肉很细.(소고기가 아주 연해요.)" 하며 강권하기에 시켰다. 기름이 둥둥 뜬 붉은색 매운 탕에 당면과 소고기 덩어리가 여러 개 들어 있었는데 고기가 질기지 않고 그런대로 먹을 만했다. 이것이 요리인지 밥과 먹는 국인지 알쏭달쏭했다. 하지만 그냥 이것만 먹어도 안에 당면이 들어 있어 간단히 먹기에 부담스럽지 않았다.

1월 26일_ 徐家匯 • 쉬쟈후에이

아침에 일어나 보니 비가 내리는 듯한 흐린 날씨여서 출근 길 사람들 구경도 그저 그런 것 같아 숙사에서 식빵 2조각과 커피로 아침을 대신했다. 오전 나절 또 떨며 책상에서 공부하다 전기장판에 몸을 녹이다를 반복하다 오늘 오후엔 비교적 번화하고 버스로 가 볼 만한 거리인 徐家匯에 가 보기로 하였다. 어제 馬桶/변기의 물이 잘 안 내려간다고 말했었는데 하루 지나니 괜찮아졌다. 그래서인지 점심때 밖으로 나가려고 總台 앞을 지나려니 小姐가 물었다.

　马桶好了吗? (변기 고쳐졌나요?)

　好了. 外面下雨吗? (고쳐졌어요, 밖에 비가 오나요?)

　下雪. 现在下雨. (눈이 내려요. 지금은 비가 와요.)

그렇지만 우산이 없기에 파카의 후드를 덮어쓰고 가랑비를 맞으며 心一代로 가서 紅燒牛腩飯을 먹었다. 창밖으로 자전거를 탄 사람들이 자전거용 雨衣/우비를 입고 지나치기에 몇 장 사진을 찍었다.

버스 정류장의 站牌를 보니 종점이 徐家匯인 버스가 있었다. 그 버스를 기다려 타고 종점에서 내렸다. 진눈깨비가 휘날리는 날씨 속에 앞쪽에 영어로 Computer mall이라고 쓰인 상점이 있어 들어가 보았다. 중국의 聯想(레노보), 대만의 Acer, 우리나라의 三星 순으로 작은 매장이 나열되어 있었고 노트북 가격은 5,000에서 10,000위안으로 그리 싼 편은 아니었다. 외장하드를 移動硬盤이라고 하는데 80G가 600–700위안으로 우리나라 보다 비싼 것 같았다. CD player는 300위안이었다.

별로 눈길을 끄는 상품이 없어 밖으로 나왔다. 대각선 건너편에 백화점들이 눈에 띄어 가 보려고 육교에 올라갔다. 육교 위에서 보니 주변이 번화해 보여 지나가는 사람들 틈에 서서 사진을 찍었다. 나를 보고 다른 사람도 카메라를 꺼내 사진을 찍는 사람이 있었다.

백화점은 상해 최초의 백화점인 太平洋百貨/태평양백화점만 우리나라 전통식 백화점처럼 에스컬레이터가 반대쪽으로 하나씩 나 있어서 돌아다니기가 수월했고 다른 백화점은 빽빽한 매장이 어디가 어딘지 알 수 없게 꽉 들어차 있어 미로처럼 좀 헤매야 되었다. 우산을 사려고 하였으나 우리나라 백

화점처럼 1층에 흔한 그 우산이 없었다. 1층에는 50%의류할 인행사를 하고 있는데 사람들이 바글바글 모여 옷을 고르고 있었다. 匯金百貨의 지하에 있는 超市/슈퍼마켓에서 中華牙膏/중화치약을 2.80위안에, 立頓奶茶/립튼밀크티를 12위안에, 面包/빵 한 개를 6위안에 샀다. 소보로빵은 중국어로 酥波蘿이고 한 개에 6위안이었다.

중국산 치약만 몹시 싸고 나머지들은 특별히 싼 것이 아니었고 빵 가격은 우리나라와 비슷했다.

雨伞在哪儿卖? (우산은 어디에서 파나요?)
前面. (앞쪽에요.)

건성으로 대답하는 가장 흔한 대답이 前面인 것 같았다. 잡화를 파는 곳에 가서 우산을 물어도 쉽사리 꺼내지를 못했다. 찾느라 시간이 오래 걸리는 걸 보고 혹시 오래 걸려 비싼 우산을 내놓으면 어쩌나 싶어 됐다고 하고 그냥 나왔다. 다시 컴퓨터 몰 쪽을 한 번 더 가 보다가 실크 가게가 있어 한번 들어가 보았다. 중국 상점의 문은 대개가 두터운 비닐 질감의 버티 컬 모양 휘장으로 그걸 밀어 젖히고 들어서야 한다. 안에는 손 님이 없이 비단들이 늘어뜨려져 있었다. 나를 보고 물었다.

你要什么? (무얼 찾으세요?)
我看看.[3] (구경 좀 하고요.)

잠시 서서 휘둘러보고 나왔다. 패키지 여행을 할 때 수도 없이 가이드가 데려가는 실크집에서 중국실크를 구경한 경험 이 있기에 뭐 별다른 것이 있나 해서 본 것인데 실크를 천으 로 떼어서 살 경우가 아니면 살 것이 없었다.

정류장에는 다니는 버스가 꽤 많았는데 숙사가 있는 仙霞 路 쪽으로 오는 버스가 보이기에 올라탔다. 몇 번 겪어 보니 無人售票車/무인매표버스를 타면 운전대 옆에 동전을 투입하 거나 교통카드를 대어야 하고 車長/차장이 있으면 지폐를 내 고 거슬러 받아도 된다. 중국의 차장은 남녀노소 구분이 없는 것이 특징이다. 사람이 적어 자리에 앉아서 돌아왔는데 버스 앞쪽에 있는 모니터에서는 京劇/경극배우 梅蘭芳/매란방의 일생을 틀어 주고 있어 문화적인 콘텐츠라는 생각이 들었다.

숙사로 돌아와 쉬다가 저녁을 먹으러 나섰다. 021快餐의 메뉴 한 장을 얻어 왔었기에 머리 무얼 시킬까 생각해 두었

---

3 그냥 구경하는 것이라는 말을 하고 싶으면 '就是看看而已.'나 '我只是看看而已.'로 표현하면 된다.

다. 중국요리는 여럿이 먹기에 적합한데 혼자서 먹어야 하고 식비도 절약해야 하니 옛날 북경의 호텔에서 한 달 머물면서 學院路의 음식점에서 糯米鷄를 즐겨 먹었던 것이 생각나 그 걸 시켜 먹어야겠다고 생각했다. 湯 종류는 비싸기 때문에 수 분은 粥으로 보충해야겠다고 생각하고 021에 가서 가장 싼 죽인 2위안짜리 地瓜粥와 5위안 하는 三絲春卷, 그리고 6위 안이라 쓰인 珍珠糯米鷄를 시켰다. 잠시 뒤에 중간 크기 냄 비를 들고 와 내 앞에 털썩 소리가 나게 놓았는데 그게 地瓜 粥였다. 흰 묽은 죽에 노란 호박 덩이가 몇 조각 들어 있는데 중국음식의 느끼한 맛은 전혀 없어서 좋았다. 그것을 작은 그 릇에 주걱으로 퍼서 먹고 있는데 기름에 다 태워서 튀긴 三 絲春卷 세 개를 갖다 주었다. 도저히 먹을 만하지 못한 불량 식품 같았다. 두 개만 먹고 한 개를 남겨 놓고 한 15분 쯤 기 다려서야 겨우 珍珠糯米鷄 두 개가 나왔다. 북경에서처럼 나 무 잎사귀에 싸매어진 찰밥인데 안에 엄지손톱만한 닭고기가 들어 있기에 珍珠라고 한 것 같았다. 다른 반찬거리와 먹지 는 않아도 되게 간이 배어 있는 찰밥이라 맛있게 먹었다. 죽 빼고 나머지 두 요리는 모두 진짜 요리가 아니라 點心/딤섬 메뉴에서 고른 것이었다. 그래도 양이 적은 나에게는 이런 것 이 적당했고 풀풀 밥알이 날리는 중국의 찐 밥을 먹지 않아 도 되어 좋았다.

 TV의 시트콤 家有兒女에서는 엄마가 막내 아이에게 우유
를 억지로 먹게 하자 싫다고 형의 신발에 부어 버리는 장면
이 나왔다. 서구화의 한 예가 바로 우유 많이 먹기로 표현되
는 느낌이 들었다. 그동안 지낸 날짜를 체크하니 내일은 일요
일이라 종교기관에 가 보고 싶은데 지하철을 탈 때 지나치던
靜安寺/정안사가 적당할 것 같았다.

1월 27일_ **静安寺** • 정안사

6시 좀 넘어 기상했기에 아침을 빵과 커피로 대신했다. 씻고 창문을 활짝 열어 한동안 환기를 시킨 후 9시 되기를 기다려 문을 나섰다. 현관에 웬 아저씨가 서 있다가 나를 쳐다보더니 "当心, 小心滑雪!(조심해요, 눈에 미끄러지지 않게 조심해요.)"라고 한다. 눈이 녹아 바닥이 질퍽하기 때문이었다. 전화카드를 사서 沈陽/심양에 사는 중국인 친구에게 전화하려고 지하철역 근처 잡지 판매대로 가 보았더니 문이 잠겨 있었다. Jingan si라고 an을 입을 크게 벌려 발음하는 静安寺역은 비교적 가깝기에 요금이 3위안이었다. 역에서 나오자마자 절이 보였다. 옆에 백화점이 있는 도심 속의 절이었다. 사람들이

門票/입장권을 사고 들어가기에 나도 10위안을 주고 샀다. 들어가 보니 규모는 큰 절이 아니었다. 四合院/사합원 양식으로 안은 공터요 가장자리로 네모나게 건물이 배열된 구조였다. 남들 하는 대로 향도 샀다. 한 묶음에 2위안이라고 쓰여 있는데 다를 두 묶음을 사기에 나도 잔돈을 털어 두 묶음을 샀다. 남들 따라 향 끝을 촛불에 대어 불붙이는데 촛대가 너무 높아서인지 향이 영 불살라지지 않았다. 두 손을 펴서 향을 붙잡고 절의 사방을 향해 두 번씩 절하고 그런 다음 향을 먼저 불붙였던 초가 있는 대에 올려놓는다. 남들의 향은 잘 살라지고 있는데 내 것은 끝이 까만 채 안 타고 있다. 초가 놓인 사각형 대를 빙 둘러보니 놓인 향들에 두어 개 내 것처럼 살라지지 않은 것이 있기는 했다. 조금 있다 사각형 대 위에 향들이 빼곡히 차니 아저씨가 와서 사각형 통 안으로 쓸어 넣었다. 그 안에서는 설마 잘 타겠지.

   사람들의 발길이 향하는 아무런 현판이 안 걸린 불당으로 가 보니 안에 불상이 있고 복전함을 앞에 두고 사람들이 그

앞에서 불상에 절을 올린다. 중국인들은 우리나라처럼 바닥에 엎드려 절하지 않는다. 의자와 방석 중간쯤 되는 대 위에 무릎을 꿇고 상체를 세워 두 손 모아 한참 기도하고는 마지막에 거기에 머리를 조아리고 세 번 절하는 형식이 가장 많았다. 이것이 꼭 일정한 형식이 있는 것은 아니어서 어떤 여자는 오자마자 수도 없이 머리를 조아려 절하기도 하였다. 절을 마치고 나면 가방이나 주머니에서 돈을 꺼내 복전함에 넣는데 젊은 여자들은 10위안을 넣는 것 같은데 남자들은 1위안짜리 동전을 많이 넣었다. 동전 넣은 소리가 간간히 들렸다. 스님들은 노란색 옷을 입고 있었는데 무슨 법문을 들려주거나 염불을 외는 것도 아니고 그냥 한 켠에 서 있었다.

절 가운데에 항아리형의 탑 건축이 하나 있는데 속이 비어 있어 사람들이 그 속으로 동전을 집어 던져 넣으려고 애쓴다. 들어가지 못하고 튀어 나오면 땅바닥에 떨어진 동전을 집어 다시 시도하곤 한다. 동전이 들어가야 소원이 이루어지는 것으로 믿는 모양이다. 한 젊은 커플은 남자가 키가 커서 단번에 성공하자 서로 웃으며 떠나갔다. '대웅보전'이란 현판이 달린 건물은 없고 각기 건물 위에 좋은 말이 씌어 있었다. 역사가 오래된 절이라고 하였는데 반대편 건물로 가 보니 과연 오래된 석조 불상이 있었다. 靜安古寺라고 되어 있고 옛적의 오래된 불상을 보존하고 있었다. 法物流通/불교용품유통이라 쓰인 곳에 가 보니 불교용품 기념품을 판매하고 있었다. 항상 이런 곳에서 어머니께 염주 등을 사다 드렸는데 염주는 너무 많이 산 것 같아 이번에는 좋은 글귀가 새겨진 자그마한 나무병풍 공예품이 눈에 띄어 물었다.

这个多少钱? (이거 얼마인가요?)
一百块. (100위안요)

공예품에 쓰인 글씨가 진열대와 좀 달라서 또 물었다.

这个上面的字怎么跟那个不一样? (이것 위의 글자는 어째서 저것과 다르지요?)
一样. (같아요.)

진열대 속의 것과 글귀가 똑같지는 않았지만 이 글귀가 더 마음에 들어서 수긍했다. 그리고 절에서 값을 흥정하는 것도 예의가 아닌 듯해서 아무 말 없이 그냥 100위안을 다 주고 샀다.

靜安寺 바로 옆엔 건축양
식이 특이한 백화점이 하나
있어 들어가 보았다. 徐家
匯의 백화점보다 고급스럽
고 손님이 없었다. 매장도

넓은데 가방, 신발, 귀금속 등이 일류품이고 가격표를 붙여 놓
지 않았다. 여성복 파는 곳을 둘러보니 29,800위안 하는 모피도
보였다. 속옷 코너를 둘러보니 모두 요란스러운 색과 무늬 일색
이어서 중국 여자들은 저런 디자인을 좋아하나 싶었다. 색상도
검은색, 짙은 갈색, 짙은 보라색, 빨강색 등 짙은 색에 꽃 모양
이 많이 장식되어 있었다. 연한 빛깔의 속옷은 전혀 눈에 띄지
않았다. 나중에 안 것이지만 이 백화점은 일본계 백화점이라고
했다. 지하에 超市/슈퍼마켓이 있기에 점원에게 물었다.

这里面有雨伞吗? (이 안에 우산이 있나요?)

那边有卖. (저쪽에 파는 곳이 있어요.)

가 보니 유치한 분홍빛 우산인데 일어로 쓰여 있지만 廈門/샤먼 산이었다. 29위안이라고 씌어 있었는데 카운터에서는 15위안을 받는 걸 보니 세일하는 것 같았다. 펴 보니 튼튼했지만 우산대와 손잡이의 은빛 칠이 조금 벗겨진 것이 흠이었다. 백화점 지하에서 점심을 먹을까 하다 가격이 25－30위안 정도라 학교 숙사로 돌아와 021에 가서 紅燒牛肉面을 먹었다. 길가의 잡지 판매대에서 電話卡/전화카드를 30위안에 샀다.

TV의 한 선전에서는 남녀가 눈 내리는 속에 의자에 앉아 데이트를 하는데 남자가 "冷吗? (춥니?)" 하고는 주머니에서 뜨거운 켄터키 초콜릿을 꺼내 주는 장면이 나왔다. 중국어를 가르칠 때 가장 알쏭달쏭한 의문문이 평서문에 '吗'를 붙인 의문문과 정반의문문의 차이 아닌가? 이 남자는 분명 여자 친구가 추워하는 걸 느끼고 '冷吗'로 물었을 것이다. 예전에 아열

대기후인 대만에서 온 교수 한 분은 서울의 겨울 캠퍼스에서 나와 같이 걸을 때 "冷不冷 (추운가요?)" 하고 물었었는데 그 경우는 서울 날씨에 익숙한 내가 추운지 어쩐지 몰라서였을 것이다.

저녁에도 021에 가서 地瓜粥、奶黄包、糯米鷄를 먹었다. 奶黄包는 역시 북경에 있을 때 먹어 보았던 것인데 흰 찐빵 안에 노랗고 걸쭉한 계란 노른자 같은 액체가 들어 있는 것이다. 중국의 전기밥솥 선전을 할 때는 바로 이 奶黄包도 잘 만들어진다고 선전을 한다. TV에서는 회사이야기를 연속극으로 하고 있었는데 지배인이 받기 싫은 전화가 오자 비서한테 거짓말을 시켰다.

说我不在! (내가 없다고 해!)
喂, 不好意思. 张总他不在. (여보세요. 죄송합니다. 장 사장님은 안 계십니다.)

대만에서도 미안하다는 뜻으로 '不好意思'를 많이 썼는데 상해에서도 상당히 이 말을 자주 쓰는 걸 느꼈다.

1월 28일_ 上海交通大學 • 상해 교통대학

중국에 온 후 계속 그렇듯이 3시경 깨었다가 더 자고 6시에
일어났다. 씻고 머리 말리고 현관을 나서니 진눈깨비가 휘날리
고 있어 우산을 가지러 다시 숙소로 올라갔다 내려왔다. 눈이
녹아 질퍽질퍽한 길을 자전거들은 잘 달리고 있었다. 미끄러질
까 봐 조심조심 걷느라 오랜 시간이 걸려 죽을 사 왔다. 玉米
紅薯粥 3위안에 肉包/고기만두 1위안이었다. 만두가게에서 뒤
에 선 어떤 남자는 "一个肉一个菜! (고기만두 하나 야채만두 하나
요!)" 하고 단호하고 간단하게 주문했다. 비닐봉투를 들고 돌아
오는 길에 손이 얼얼하게 시렸다. 그러나 숙소에 돌아와 죽과
만두를 먹으니 먹을 만하게 뜨뜻했다. 이번에도 현관에서 아저
씨가 "当心, 当心! (조심해요, 조심해요.)" 하기에 헛말로 물었다.

你吃早饭了吗? (아침밥 드셨나요?)

吃过了. (먹었어요.)

항상 빨강색 파카를 입는 가장 나이가 많은 아주머니가 청소하러 왔다. "打扫(청소요!)" 하며 문을 노크했다. 화장실을 치우며 말을 건다.

过年时候不出去吗? (음력설 때 놀러 나가지 않나요?)

我想去黄山旅游. (황산에 여행 가고 싶어요.)

黄山这个时节不好. 有雪. (황산은 이런 때엔 좋지 않아요. 눈이 내려요.)

廬山, 黃山이 여기에서 가기에 좋은 곳인데 이번에 눈이 와서 어려울 것 같다, 그렇지만 여행사에 물어봐라 한다. 나는 廬山은 가 보았다, 이번엔 꼭 황산을 가 보고 싶다고 했다. 내가 세면기 위에서 빨래하던 중이라 휴지통 비닐을 갈아 주려고 할 때 비닐을 받아서 내가 하려니까 "我来.(내가 할게요!)" 하며 사양한다. 그리고 빗자루로 바닥을 쓸고 나가면서 말했다.

玩电脑, 不要出来, 很滑. (컴퓨터 하세요, 나오지 말아요, 아주 미끄러워요.)

책상 바로 위 벽에 붙은 海爾 空調는 그 근처에 손을 대면 온기가 조금 느껴지지만 썰렁한 방에는 조금치도 도움이 안 되었다. 뼈가 으스러질 듯한 추위라 차라리 밖에 나가 돌아다니는 게 더 덜 추운 게 상해의 겨울이다.

점심 먹으러 心一代에 가는데 학생 같아 보이는 청년 한 명이 눈길에 미끄러졌다. 어떤 여자는 부츠 위에 비닐을 신발처럼 덧씌워서 신고 가는 게 보였다. 어제 산 전화카드가 안 되었기에 잡지 판매대에 가서 얘기하니 방향을 맞게 넣었나 묻고 그랬다고 하니 대답하기를

插到底! 你去再插上! (끝까지 밀어 넣어요, 가서 다시 밀어 넣어 봐요!)

조심조심 걸어 음식점에 도착했다. 메뉴판에는 없지만 사람들이 주문하는 소리를 들었기에 擔擔面이 어떤 것인가 맛보려고 물었다.

有没有担担面? (딴딴면 있나요?)

有. (있습니다.)

국수면발이 가는 편이며 편육 두 조각, 삶은 계란 한 개, 콩나물 몇 가닥, 자잘한 고기 조금, 야채 조금이 섞인 것으로 양이 적은 편이었다. 사실 면발만 다르다 뿐이지 지난 번에

먹은 면도 이런 식으로 삶은 계란에 콩나물이 섞여 있었으니 사천지방 요리로 멜대에 지고 다니면서 파는 데서 유래했다는 擔擔面의 특성은 없는 것 같았다.

돌아오는 길에서는 또 4、50대로 보이는 아저씨가 인조가죽구두를 신은 모양인데 쾅 소리가 나게 엉덩방아를 찧으며 미끄러졌다. 중

국산 운동화나 신발이 눈에 더 잘 미끄러지는 듯했다. 건물의 곳곳에는 현관에 빨강 카펫을 깔아 놓고 노란 삼각형 표지판을 내놓았고 거기엔 '小心地滑/바닥이 미끄러우니 조심하세요.'라

고 씌어 있었다. 오늘은 上海交通大學에 가 보기로 작정했기에 숙소가 있는 학교교문을 지나쳐 오른편 길로 계속 걸어갔다. 버스를 한 번만 타고 갈 생각이어서 길을 돌아서 좀 걸어야 했다. 가는 길에 공중전화 부스가 있기에 들어가 전화카드를 시험했다. 이번에는 통화가 되어 沈陽의 중국인 친구와 통화를 했다. 예전에 한국에 교환교수로 왔을 때 알게 된 사이다. 아이가 없는 채 전 남편과 이혼하고 재혼했는데 재혼한 남편에게 대학생 아들이 있지만 자기 아이를 낳고 싶어 무진 노력을 하는 중이다. 내가 한국에서 메일을 보내면 컴퓨터가 아이를 낳는 데 방해가 된다고 안 받고 휴대전화도 짧게 받는 식이다. 그동안 어떻게 지내냐고 묻고 아이 문제를 물으니 두 번 유산했고 현재 中藥/한약을 먹으며 기다리는 중이라고 했다. 목소리가 좀 가라앉은 듯했고 기분이 별로인 것 같아

나중에 또 연락하겠다고 하고 전화를 끊었다.

눈이 녹아 질퍽한 길을 계속 걸으며 교통대학까지 버스를 한 번만 타고 가려고 원래 다니던 길에서 많이 벗어나 걷다가 고가도로께에서 어디로 가야 할지를 몰라 길을 지나는 아가씨에게 물었다.

> 请问一下, 上海交通大学怎么走? (좀 묻겠는데, 상해 교통대학은 어떻게 가나요?)
>
> 坐911路. (911번을 타세요.)
>
> 车站在哪儿? (버스 정거장이 어디 있나요?)
>
> 沿着高架一直走. 走十分钟就到. (고가도로를 따라 쭉 가세요. 십 분 걸으면 곧 도착합니다.)
>
> 你是学生吗? (당신은 학생인가요?)
>
> 我上班了. (나는 직장 다닙니다.)
>
> 看起来很年轻. (보기에 젊어 보이네요.)
>
> 谢谢, 当心, 路滑. (고마워요. 조심하세요, 길이 미끄러워요.)

상당히 친절하게 길을 가르쳐 주는 편이었다. 911번을 못 알아들을까 봐 1을 ㅗ로 읽었다가 다시 1로 반복하는 걸 보니 나를 대만 사람이나 외국인으로 본 듯했다. 지도로 파악해 둔 교통대학 근처의 길에서 내렸는데 그곳이 알고 보니 작은 후문이어서 찾기가 어려웠던 것이다. 눈 녹은 길을 많이 걸었기에 운동화가 다 젖었고 양말까지 젖어서 몹시 불쾌했다. 그래도 후문 근처에서부터 도서관 등을 사진 찍으며 교정을 한 바퀴 둘러보았다. 신축한 도서관 건물은 높은 건물이었지만 대체로 4층 정도의 낮은 건축물들인 단과대학건물들로 배치되어 있었다. 과학기술관이란 높다란 건축물 하나가 신축 건물로 보였다. 가장자리에 건물들이 있고 가운데께 운동장이 있었는데 넓지는 않았고 별다른 시설도 없는 공터였다. 정문께에는 구도서관이 하나 더 있었다. 정문은 고풍스러운 건축 양식으로 되어 있었는데 거기서 멀지 않은 곳에 또 문이 하나 더 있어 사람들이 그 문을 많이 이용했다. 정문까지 나갔다가 길에 서 있는 수위에게 학교 안의 카페를 이용해도 되느냐 물었더니 된다고 하여 다시 후문께에서 보아 두었던 카페로 가 보았다. 카페 건물로 들어서니 화장실 표시가 보여 우선 거기부터 갔다. 화장실을 盥洗室라고 쓴 것은 대만에서 본 이후 처음이었다.

카페 이름은 오래전에 유행한 영화 '오번가의 기적'이었다. 巧克力奶茶가 3위안이어서 그걸 사 들고 식당에 들어갔다. 방학이라 식당은 텅 비어 있었는데 몇몇 외부인이 앉아 있었고 비교적 큰 편이었다. 계속 젖은 운동화를 신고 눈 녹은 길을 헤매었기에 다리가 피곤하였는데 앉아서 奶茶를 마시니 맛도 좋고 편안했다. 우리나라 카페의 커피 잔은 플라스틱이 손으로 잡으면 휘지 않게 튼튼한데 중국 플라스틱 잔은 쥐면 힘없이 찌그러지는 경향이 있다. 모양만 흉내 낸 듯한 느낌이 드는 한편 그래도 혹시 이런 재질이 환경에 더 유해하지 않

을지도 모르겠다는 생각이 들었다. 식당의 식판을 받는 곳을 둘러보니 전자카드로 밥값을 계산하는 것 같은데 가격은 저렴했으나 전자기기를 선호하는 중국인들이 그에 걸맞은 고품격의 깔끔한 환경을 갖추지는 못하는 듯했다. 배식구 주변이 칙칙하게 느껴졌다. 2층에도 客餐이라고 또 식당이 하나 더 있는 모양이었다. 돌아가는 버스를 타려고 수위에게 버스 정거장이 어디냐고 물었더니 "你问几路车? (몇 번 버스를 물으시나요?)" 하기에 의아한 표정을 지었더니 다시 "多少路车? (몇 번 버스요?)"라고 되묻는다. 알고 보니 하나의 정거장에 여러 노선의 버스가 있는 것이 아니라 학교 주변 몇 곳에 22번·935번 등 각각 한 노선의 버스정류장이 있었다. 4시 반경 숙소로 돌아와 양말을 갈아 신고 전기장판에 몸을 녹였다.

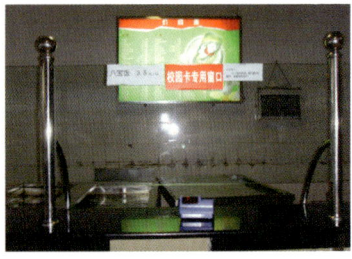

한 시간 정도 쉬고 나서 저녁을 먹으러 나가야겠기에 일어나 거울을 보니 얼굴이 벌겋게 달아올라 있었다. 눈 녹은 길을 젖은 신을 신고 헤맨 것이 몸을 지치게 한 것 같았다. 저녁은 역시 학교식당과 분위기가 비슷한 021에 가서 또 地瓜粥를 시키고 點心 메뉴에서 糯米鷄와 鮮蝦水晶餃를 시켰는데 水晶餃는 속이 비치게 찐 작은 만두로 맛이 있었다. TV에서는 회사에 젊은 지배인이 새로 들어와 새로 분위기를 바꾸는 장면이 나왔다. "我怎么说, 你们就怎么去做.(내가 뭐라 말하는 대로 여러분은 곧 그대로 하세요.)" 하면서 雙休日(토일휴무)제도 없애고 주 6일 근무, 식사 후 커피 마시지 말 것, 퇴근 후 한 시간씩 공부해서 자격증을 딸 것 등을 지시했다. 제자가 잠깐 들러 이번 목요일로 신체검사가 잡혀서 하루 쉬게 되었다고 하며 점심을 같이하자고 약속하고는 갔다.

1월 29일_ 上海圖書館(1)·상해 도서관(1)

아침에 죽 사러 가는 길에 보니 도로에서 사람들이 삽으로 눈을 치우고 있었다. 화단의 나무들은 얼까 봐 짚으로 싸서 묶어 두었다. 차가 내가 지나가는 쪽으로 진입해 들어오자 경비원이 "当心啊!(조심하세요!)"라고 소리쳤다. 어제 젖은 운동화를 신고 오래 돌아다녔기 때문에 다시 눈 젖은 찬 길을 걸으니 왼쪽 다리가 좀 안 좋게 느껴졌다. 黃山에 갈 때도 이러면 큰일이겠다 싶었다. 皮蛋瘦肉粥를 4위안에 사 가지고 돌아와 먹었다. 오리 알 조각이 들었고 고기도 좀 섞여 있어 다른 죽보다 든든했다. 인터넷으로 내가 강의 나가는 한 대학의 수강신청 상황을 확인해 보았다. 인터넷이 느리기는 하지만 숙소에 앉아서 인터넷을 할 수 있다는 것은 매우 편리한 일이다. 그것도 무료로.

　추운 방 안에서 떨며 공부를 좀 하다가 점심은 心一代에서 紅燒粉絲湯으로 해결하고 上海圖書館을 가기 위해 淮海路/회해로 쪽으로 가는 버스를 탔다. 지도를 보았을 때 한 번에 가는 버스가 없는 것 같아서 적당한 곳에서 내려 다시 버스를 갈아탔다.

　　到上海图书馆吗? (상해 도서관 갑니까?)
　　到. (갑니다.)
　　哪一个站下车? (어느 정거장에서 내리나요.)
　　00站. (00정거장요.)

　車長의 발음을 내가 잘못 들었는지 한참 지나도 안내방송에서 그 정거장의 이름이 안 나오기에 내가 다시 물었다.

　　上海图书馆还要走吗? (상해 도서관은 아직 더 가야 하나요?)
　　已经过去了! (이미 지나갔어요.)

무슨 우루무치역에서 내려야 한다고 하는 것 같았다. 그래서 황급히 버스에서 내렸다. 내린 길은 번화한 淮海中路로 동서로 뻗은 상당히 긴 길이었는데 골목길로 孫中山故居/손중산 옛 저택이란 팻말이 보여 한번 들어가 보았다. 주택가가 연이어 있는데 중간규모 크기의 주택으로 孫中山故居와 周公館/주은래 공관이 가까운 곳에 있었다. 周公館 사진을 열심히 찍는 사람이 몇 명 있었는데 허름한 옷차림에 용모도 좀 촌스러운 스타일이었다.

다시 淮海中路로 나가서 지도를 보고 버스를 타고 왔던 길을 거슬러 올라갔다. 淮海中路에서 孫中山故居까지도 좀 되는 거리였는데 지도상으로 보니 上海圖書館도 걸어갈 만한 거리 같았다. 그런데 한참 걸어도 上海圖書館이 보이지 않아 지나가는 사람에게 물었다.

上海图书馆在哪儿? (상해 도서관은 어디 있나요?)

离这儿好几站啊, 走过去最起码三十分钟. (여기에서 여러 정거장이에요. 걸어가면 최소 30분은 걸려요.)

그 여자는 버스를 타라고 권유했지만 나는 그냥 걷기로 했다. 평소 서서 일하는 때가 많은지라 다리를 튼튼하게 하기 위해 한국에서도 하루 1시간 정도는 걷는 걸 좋아하기 때문이었다. 가다가 백화점 하나가 눈에 띄어 들어가 보았다. 상품들은 별로 고급스럽지 못했고 가격은 우리나라보다 조금씩

싼 편이었다. 淮海中路 양옆은 바로 이런 식으로 상점이나 레스토랑 등이 연이어 있는 번화한 길이었다.

上海图书馆在哪儿? (상해 도서관 어디에 있나요?)
还要走. 大概十分钟吧. (아직 더 가야 돼요. 대략 십분 정도요.)

조금 더 걸어가니 길이 왼편으로 꺾이는 공사 중인 곳을 지나자마자 上海圖書館이 모습을 드러냈다.

힘들게 걸어 찾아왔기에 건물이 몹시 반갑게 느껴졌다. 계단을 올라 입구에 들어서니 우선 깨끗한 현대적 로비가 나타났다. 로비 왼쪽에 자그마한 휴식공간이 있는데 한 테이블에 여대생 같아 보이는 아가씨가 앉아 있기에 맞은편 빈 자리를 가리키며 앉아도 되느냐고 했더니 "嗯(네)."라고 하기에 우선 앉아 다리를 쉬었다. 그 아가씨는 물렁물렁한 작은 플라스틱 컵에 담긴 우유를 마시고 있었다. 조금 있다 일어서서 나도 카운터에 가서 메뉴를 보니 白乃 2위안이 적혀 있어 "白奶! (우유요!)"라고 주문했다.

白奶是奶粉冲的. 两块. (흰 우유는 분유를 탄 거예요. 2원입니다.)

그 여대생이 마시던 것과 같은 것이었는데 맛은 맹물에 탄 분유였다.

화장실에 가려고 로비 뒤편으로 가 보니 헝겊을 씌운 허름하나마 앉을 만한 의자들이 또 있었다. 화장실에 들어가니 변기 뒤 뚜껑 위에 또 숙소와 같이 그 종이 자른 휴지가 있어 그걸 피해서 가방을 놓다가 가방이 휴지통으로 굴러 떨어져서 몹시 기분이 나빴다. 그래서 청소하러 들어온 아주머니에게 가방을 놓을 수 있는 장치를 만들어 놓아야 한다고 한마디 했다. 화장실에서 나와 그 허름한 의자에 좀 더 앉아 쉬었다. 왼편 공간에는 몇몇 고서가 유리 테이블 안에 전시되어 있었다. 그리고 고서목록을 검색할 수 있는 카드가 담긴 목록서랍과 도서를 검색할 수 있는 컴퓨터가 몇 대 있어 나중에 좀 검색해 봐야겠다고 생각했다.

다시 로비로 나가 현관 앞의 안내판을 좀 살펴보고 辦証件處/출입증 만드는 곳이라고 데스크를 차려 놓은 곳으로 가서 물었다.

我要办证件! (출입증을 만들려는데요.)

看后面那一个. (뒤의 저걸 보세요.)

등 뒤에 출입증을 만드는 것에 관한 안내판이 있었다. 여권
을 제시하고 보통 열람증으로 해서 만드니 15위안이라고 했다.

피곤하고 시간도 늦은 오후가 되어 가기에 2층으로 에스컬
레이터를 타고 올라가서 출입증 카드를 단말기에 대고 들어
가 잠시 열람실 안을 둘러보고 나왔다. 열람실 안은 몹시 조
용하고 원탁책상에 등받이가 달린 푹신한 의자가 네 개 정도
세트로 놓여 있었다.

숙소로 돌아올 때에는 淮海中路로 나가서 버스를 기다렸다. 淮海中路에서는 버스 站牌 측면이 거울로 되어 있어 자신의 모습을 비춰 볼 수가 있는 게 특이했다. 숙소에서 멀지 않은 고가도로 있는 곳에까지 오는 945번을 타고 한 번에 돌아왔다. 창밖으로 보이는 한 횡단보도에는 "绿灯可以再等, 生命不能重来. (초록불은 다시 기다릴 수 있지만 생명은 다시 올 수가 없다.)"라고 쓰여 있었다.

고가도로가 있는 虹橋開發區 정거장 다음의 虹橋迎賓館 정거장에서 내려서 좀 걸으면 숙소로 돌아올 수 있기에 上海圖書館은 버스 한 번으로 다닐 수 있는 곳이었다. 전기장판에 누워 몸을 좀 쉬고 저녁을 먹으러 나갔다. 021에서 가져온 종이 菜單을 가지고 숙소에서 미리 點心만을 골라도 거의 매일 다르게 먹을 수가 있

다. 이번에는 地瓜粥, 糯米鷄에 燕皮雲呑을 시켰는데 燕皮雲呑은 餛飩 비슷한 작은 물만두였다. 한 아가씨가 내 맞은편 빈자리를 가리키며 물었다.

这边有人吗? (이쪽에 사람 있나요?)

没有. (없어요.)

1월 30일_ **上海圖書館(2) • 상해 도서관(2)**

    아침에 길을 나서 죽을 사러 가는 길에 큰 길 사거리에서 동영상을 촬영해 보았다. 버스는 적은 편이었고 자가용이나 자전거 또는 걸어서 출근하는 사람이 많았다. 사거리 한편에 서 있던 경찰이 보고 있다 다가와서 뭐라고 말을 하기에 사진을 찍는 거라고 했더니, "这里不好.(여기는 좋지 않아요.)" 하고 웃으면서 부드럽게 말한다. 상해 남자들이 세계베스트 3위에 드는 부드러운 남자라고 하더니 경찰까지도 위압적이지가 않다. 버섯이 들어간 菌菇粥를 5위안, 菜包를 1위안에 사가지고 숙사로 돌아왔다. 그 사이 이불과 베개를 새로 갈아 놓았다. 중국요리 중에 버섯을 넣은 탕류도 맛있는 편인데 버섯죽도 맛있었다.

오전 나절 또 방 안에서 떨면서 공부하고 점심때가 되어 숙사를 나서 교정을 걸어가는데 멀리서부터 제자가 걸어오는 것이 보였다. 어쩐 일이냐고 하였더니 숙사로 점심을 먹으러 오는 길이라고 하였다. 회사가 10분 거리에 있기에 회사에서 먹지 않을 때는 학교로 돌아와 밥을 해 먹는다고 했다. 반가워서 나가는 길에 같이 간단히 점심을 먹자고 했다. 학교 오른편 길로 쭉 가며 회사건물을 가르쳐 주고 그 건물 안의 1층에 있는 식당으로 안내했다. 제자의 회사가 있는 건물은 높다란 쌍둥이 건물이었는데 내가 아침마다 죽 사러 가는 집보다 가까운 거리에 있었다. 새로 음식점을 하나 알게 된 것이다. 중간 크기의 식당에 칸막이가 있었고 가격은 15위안에서 20위안대였다.

五香牛腩湯面(15위안)과 薔薇/장미라는 단어가 들어간 국수(20위안)를 시켰는데 薔薇하고는 아무 상관이 없이 맨 국수에 접시에 담은 썬 고기가 나왔다. 五香牛腩湯面은 먹을 만했고 고기도 많이 얹혀 나왔다. 종업원을 부를 때 '服務員!'이라고 부르는 사람도 있지만 '小姐!/아가씨'라고 부르는 소리가 더 많이 들렸다. 실제 종업원에는 남자도 여자도 다 있다. 호칭얘기를 하다 보니 제자의 회사 사장이 여자인데 總經理/지배인라고 하지 말고 老師/선생님으로 부르라고 한다고 했다.

점심시간에 만난 것이라 제자는 곧바로 회사로 갔고 나는 다시 上海圖書館을 가려고 버스 정류장 쪽으로 걸어갔다. 가다가 공중전화 부스에 들러 여행사에 전화를 했다.

我是以前问过黄山旅游的韩国人. 春节时候能不能去黄山?
　　(저는 이전에 황산여행을 물어보았던 한국인입니다. 음력설 때 황산에 갈 수 있나요?)

下雪, 没有交通. 过好节以后吧.[4] 看天气. (눈이 내려서요, 교통편이 없어요. 음력설을 쇤 후에 봐요. 날씨를 보아서……)

황산여행은 음력설에 숙사에 있기보다 설 여행을 떠나는 중국인들과 같이 여행으로 설을 보내려고 계획한 것인데 날

---

4 '过好节'는 '过节'로 표현해도 되는데 상해 사람은 '好'를 붙여 넣기를 좋아한다. '好' 대신 完을 써도 좋다.

씨가 이래서 다 틀려 버렸다.

　　이번에는 淮海中路에서 십자로 갈라지는 우루무치路에서 딱 맞게 내려 상해 도서관을 금방 찾았다. 도서관 입구에 우산을 넣는 비닐이 있어 넣었는데 입장료가 없는 공용도서관이라 그런지 비닐도 규격에 맞게 타이트하게 안 만들어 화장실 구석에 세워 놓은 우산이 자꾸 펼쳐져 쓰러지려고 했다.

　도서관의 인문사회과학 열람실에서 개가식 서가의 책을 열람하다가 일일이 서지사항을 적는 것이 귀찮아 서가의 책을 동영상으로 쭉 촬영을 했다. 중국의 인물에 관한 책들이 많은데 혹시 그와 관련한 과목을 맡게 되면 참고로 할 수 있을 것 같았다. 그리고 중국문화에 관한 책도 삽도가 많은 시리즈 도서로 되어 있는 것이 있어 열람실의 둥근 탁상에 끼어 앉아 좀 읽어 보고 메모도 했다. 열람실의 사람들은 탁상 위에 책을 쌓아 놓고 조용히 열람하고 있었다. 春節에 여행을 못 가게 되었기에 그때 도서관에서 시간을 보내는 게 좋을 것 같아 도서관 개관상황을 알아보니 현관에 음력설에도 개관하는 것으로 표시되어 있었다. 로비의 휴게실에 가서 "牛奶!(우유요!)" 하고 주문했더니 이번에는 어찌 된 일인지 3위안을 받았다. 지난번의 2위안 하던 분유 白乃와 다른 것인 듯했다. 휴게소에 앉으면 왼편으로 창 너머 정원이 보이는데 정원에는 공자의 석상이 서 있었다.

　도서관을 나와 다시 淮海中路를 따라 걸어갔다. 孫中山故居와 周公館을 가 볼 생각이었다. 淮海中路는 지도상으로 上海 남쪽에 동서로 쭉 뻗은 길인데 꽤 긴 구간으로 길에 둥근 아치형 장식이 있고 무슨 아파트나 일본 상표를 선전하는 문구가 걸려 있다. 택시 승강장도 질서 있게 설치되어 있다. 간간이 2층버스가 지나다니는 것도 눈에 띄었다. 孫中山故居에 찾아가서 입구에 들어가려고 하니 경비가 외쳤다.

　唉, 小姐, 关门了! (어이, 아가씨, 문 닫았어요!)
　几点关门? (몇 시에 문 닫나요?)

경비는 손가락 네 개를 펴 보였다. 售票處/매표소에는 개방 시간이 분명 오후 7:00까지로 되어 있는데 실상은 이렇게 달랐다. 조금 더 내려간 곳에 있는 周公館도 문이 닫혀 있다. 그래서 나중에 다시 올 생각을 하고 겉에서만 사진을 좀 찍었다.

숙사로 돌아와 쉬었다가 021로 가서 저녁을 먹었다. 地瓜粥、糯米鷄에 脆皮炸鮮奶를 시켰는데 脆皮炸鮮奶는 아삭한 껍질 안에 크림 같은 우유가 들어 있는 點心인데 맛은 있으나 약간 기름 튀긴 냄새가 났다.

TV에서는 모델이 옷을 입거나 모자를 쓰고 포즈를 취하며 사진을 찍었는데 '一二三变! (하나 둘 셋 포즈!)', '一二三再变! (하나 둘 셋 다시 포즈!)' 할 때마다 약간 코믹한 포즈를 잡았다.

또 요리프로에서는 그 요리대회에 나온 요리의 재료들에 값을 추정해서 총재료비를 맞추는 퀴즈가 있었다. 50克/그램 牛肉/소고기 6毛錢/60전, 一塊豆腐/두부 한 모 5毛錢/50전 등 추정을 해서

我认为应该是13块. (나는 13원일 거라고 생각해요.)

我认为应该是25块. (나는 25원일 거라고 생각해요.)

등등 추측을 했다.

1월 31일_ **古猗園 · 구이위앤 공원**

    중국생활에 익숙해져서인지 늦잠을 자고 7시에 일어났다. 빨아 놓은 옷이 안 말라 드라이어로 말렸는데 잘 마르지 않았다. 오늘 제자와 외출하기로 했기에 겉 파카는 계속 입더라도 속 스웨터는 좀 깔끔하게 입으려고 며칠 전 빨아 놓은 게 있는데 바짝 안 말라서 좀 걱정이었다. 죽을 사러 현관을 나서는데 마당에 눈사람이 모자를 쓰고 있었다. 우리나라에서는 내가 어린 시절에 눈사람을 즐겨 만들었었는데 이곳 사람들은 마치 그 시절에 사는 듯 눈사람에 모양을 내어 놓았다. 죽집에서는 회사의 친구에게 전화로 무슨 죽을 원하는지 묻는 사람이 보였다.

你要什么? 番茄的? (넌 어떤 걸 먹을 거니? 토마토죽?)

"南瓜粥有的 (호박죽은 있어.)" 하는 통화소리를 들으며 나도
番茄瘦肉粥(5위안)과 菜包 한 개를 사 가지고 왔다.

제자가 건강검진이 일찍 끝났다며 예상보다 빨리 찾아왔다.
아침 일찍 가서 건강검진을 받았는데 30분 정도 걸렸고 내용
도 간단한 편이었다고 했다. 중국 돈 700위안이 들었다 한다.
피 뽑고 그러는 것 무섭지 않았냐고 하니 뭐 별로 그렇지도
않았다고 한다. 교수님이 오셨는데 특별히 상해 구경을 시켜
드리지도 못했으니 가까운 공원 같은 데는 어떠냐고 묻고 10
시 반에 내려와서 상해 외곽에 있는 嘉定區의 古猗園을 구

경하고 그 근처의 南翔小籠包에서 상해의 특미인 小籠包(작은 대통에 담은 만두)를 사 드리겠다고 했다. 내려오기 조금 전쯤에 내가 가서 차 한 잔 권하려고 홍삼차를 두 포 들고 올라갔다. 기운이 달릴까 봐 매일 한 포씩 마시라고 상해에 오기 전 어머니가 사 주신 홍삼정차였다. 차를 마시고는 곧 숙사를 나섰다.

古猗園은 상해 지도상 서북방향에 위치한 비교적 시내에서 떨어진 곳이었다. 그래서 그곳으로 가려면 버스를 두 번 타고 가야 했다. 시간이 오전 시간대라 버스 안이 텅 비어 있고 남자 차장이 운전석께로 가서 기사와 얘기하고 있었으므로 그 틈을 타 버스 안을 디지털카메라로 찍었다.

상해의 버스는 앞쪽은 마주 보는 좌석으로 뒤쪽은 앞을 향한 좌석으로 된 경우가 많았다. 그리고 버스 앞 유리창 위에 전광판으로 안내가 나오고 또 안내방송도 따로 나왔다. 버스의 앞과 중간에 모니터가 두 개 달려 있는 게 가장 흔한 방식이다.

조금 가다 내려서 다시 버스를 기다리는데 정류장 근처의 아파트들의 빨래가 눈길을 끌었다. 상해의 전통적인 里弄/이농주택인데 쇠꼬챙이를 내걸고 거기에 속옷까지 널어 말린

다. 그래서 상해 사람들은 이웃집 여자의 속옷 색깔을 다 알고 있다고 한다. 이런 아파트는 서민 아파트이고 새로 지은 고층의 깔끔한 아파트는 빨래를 이렇게 말리지 않는 듯했다.

古猗園의 입구에 餐廳/음식점이 있는데 바로 南翔小籠包를 파는 곳이었다. 南翔小籠包는 본래 南翔大饅頭로 淸나라 同治/동치 연간에 南翔鎭의 黃明賢이 이것을 가지고 매일 古猗園에 가서 팔았는데 다른 만두상인들도 다 나와서 팔다 보니 경쟁이 치열해져 자기의 만두를 만두피가 얇고 소가 풍부한 작은 크기로 바꾸어 입 안에 넣으면 피가 깨지면서 즙이 입 안에 가득 차는 별미 만두로 만들었다 한다. 이것을 古猗園南翔小籠包라고 하는데 상해에 널리 퍼져서 상해의 특미로 바로 小籠包가 꼽히기도 한다. 제자는 점심시간이 지나서 만두가 갓 찐 게 아니면 맛이 없을 텐데 하고 걱정을 하며 급히 만두를 사러 갔다. 조금 있다가 김이 모락모락 나는 만두 두 통과 김 가루와 계란을 풀어 만든 탕을 날라 왔다. 만두를 입에 넣으면 톡 터지면서 즙이 입 안에 가득 찬다고 했는데 만두피가 그다지 얇지 않은 듯했고 뜨거운 즙이 터지는 느낌도 별로 없어 아마 갓 찐 것이 아니어서 그런 듯했다. 나무 의자는 엉덩이가 시리게 차갑고 몸이 떨려 참기 힘들었는데 그래도 만두와 탕을 먹으니 좀 나아졌다. 다 먹고 나서 안을 둘러보니 포장된 小籠包와 石庫門酒 등이 진열되어 있었는데 石庫門酒는 까르푸가 더 싸다고 하기에 아무 것도 안 사고 나왔다.

古猗園은 상해 서북쪽 교외 南翔鎭에 위치하는 상해에서 가장 오래된 공원 중의 하나이다. 明나라 嘉靖/가정 연간(1522 −1566)에 지어진 것으로 원래 명칭은 猗園이고 '綠竹猗猗/ 푸른 대나무 아름답게 무성하다.'의 뜻을 따서 정원 이름을 붙였다 한다. 입장료는 12위안이었다. 명대사람 朱三松이 10묘 규모의 정원을 심혈을 기울여 설계하여 곳곳에 대나무를 심어 놓고 정자, 누대, 누각, 장랑 등을 배치한 강남의 명원 중의 하나로 대나무가 과연 특색이었다. 오래된 대나무여서 그런지 반 아치형으로 휘어 있는 것이 특징이었다. 돌아다니다 보니 눈밭 사이로 벌써 핀 꽃들이 드문드문 보였다. 또 가끔씩 강남 정원의 특징인 돌로 된 假山/가짜 산이 배치되어 있었다.

   공원 구경을 마친 후 내가 근처의 커피집으로 가서 좀 앉
았다 가자고 했다. 제자는 그곳에서 멀지 않은 남자 친구네
집으로 놀러갈 참인데 일찍 가면 아무도 집에 없을 거라고
했다. 겉으로 보기에 규모가 커 보이는 커피집에 들어섰는데
안은 담배연기가 자욱했다. 상해 시내의 上島咖啡는 세련된
분위기였는데 여기는 창가 쪽에 앉은 사람들이 다들 담배연
기를 뿜어내고 있고 용모도 좀 촌스러웠다. 그들과 떨어진 입
구께의 구석 자리에 앉았어도 담배연기가 느껴졌다. 다른 좋
은 커피집이 있을 것 같지 않아 그냥 참고 있기로 했다. 주문
을 받으러 온 남자 종업원은 앞머리를 부하게 올린 촌스러운
시골 스타일이었는데 커피를 들고 온 것이 또 얌전하지 못해
서 잔에 커피를 흘린 채로 갖다 주었다. 미안하다는 말도 없
어서 우리는 좀 그들을 흉보았다. 커피 값은 上島咖啡나 다
름없이 30위안대였다. 점심 먹은 게 다 내려갔을까 봐 제자에
게 뭐 하나 더 시키라고 했더니 12위안 하는 마늘빵을 골랐
는데 어찌된 일인지 20분은 족히 지나 겨우 나왔는데 신기하
게도 빵이 부드러운 마늘빵이었다. 적은 양이었지만 맛도 좋

앉다. 중국인이 외국의 마늘빵을 흉내 내어 만든 것이 실패한 것 아닌가 싶은데 사실은 더 먹기에 좋은 결과가 된 셈이었다.

　다섯 시경이 되어 자리를 떠 버스를 타려고 정거장에 갔다. 제자는 여기가 상해 외곽이니 버스 안에 소매치기도 있을 수 있다고 조심하라고 하고 내가 버스를 타고 무사히 갈 수 있도록 애를 써 주었다. 나한테 두 학기 중국어를 배운 후 중국에 1년 어학연수를 했고 또 상해에 와서 몇 달 산 참이라 중국어, 특히 상해 말투에도 좀 익숙해서 중국인에게 "往市区的车什么时候来? (시내 가는 버스가 언제 오느냐?)" "在哪儿上车? (어디서 타느냐?)" 등을 유창하게 묻는 게 대견스러워 보였다. 무사히 버스에 올라타 갈아타는 버스 정류장에서 잘 내려 다시 버스를 갈아타고 돌아왔다. 평소에 많이 걸어다닌 탓에 버스가 안 가 보던 곳에 내렸지만 주변 건물이나 길 표지를 보고 곧 숙소 근처로 잘 돌아왔다. 상해에 도착하던 날 이후로 처음 늦게 돌아온 셈인데 퇴근길이라 차량이 꽤 많았고 버스도 붐볐다. 시간이 늦었기에 곧바로 021에 가서 揚州炒飯(10위

안)과 臺灣에서 많이 먹었던 어묵을
둥그렇게 빚은 것 같은 貢丸湯(5위안)
을 먹고 숙소로 돌아왔다.

2월 1일_ **世紀公園 • 세기 공원**

　아침 방송으로 군인이 나오는 연속극을 하고 있었는데 딱
딱한 군대 모습이라기보다 감성적인 장면이 많았다. 곧이어
증시 프로그램에서는 증시예측을 한 뒤 '个人观点, 仅供參考
(개인 관점이니 참고만 하세요.)'라고 안내했다. 어제 부班을 서
는 劉小姐가 음식을 방 안에서 먹는 것은 별로 좋지 않다,
이 숙사 안에도 식당이 있다고 했기에 아침을 밖에서 사 먹
으러 나갔다. 숙사가 너무 낡았기에 1층의 한구석에 있는 듯
한 퀴퀴한 식당에서 무얼 먹고 싶은 기분이 들지 않았다. 죽
집을 지나쳐 조금 더 가서 일전에 들렀던 적이 있는 中式餐
廳에 갔다. 만두를 사려는 사람들이 줄 서 있었다. 안은 반지
하인 곳으로 식탁이 있어서 들어가자마자 빈자리를 골라 앉

앉다. 지난번 小餛飩이 너무 양이 적었기에 大餛飩(8위안)을 시켰다. 小餛飩에 비해 만두 크기도 크고 양이 많아 조금 남겼다.

숙사로 돌아와 책상에 앉아 조금 공부를 하려니 또 덜덜 떨렸다. 상해의 날씨는 밖에 나가면 한국의 겨울보다 따뜻한데 실내에만 들어오면 뼈가 으스러질 듯이 춥다. 인터넷사전으로 한자를 몇 개 찾으니 벌써 점심때가 되어 점심을 먹으러 나갔다. 心一代에서 咖哩鷄肉飯(16위안)을 시켰는데 카레라 당연히 탕이 필요 없을 텐데 탕을 주문하라는 듯이 물었다.

不要汤吗? (탕은 필요 없나요?)
不要. (필요 없어요.)

그리고는 카레밥과 나무젓가락만 갖다 주고 가 버리는 것이었다. 내가 외쳤다.

勺子!5 (숟가락요!)
그제야 '不好意思'(미안합니다.)

하며 숟가락을 갖다 주었다.

---

5 이때엔 "有勺子吗?(숟가락 있습니까?)"로 물어보는 게 가장 완곡한 표현이다. "给我勺子.(숟가락 주세요.)"는 너무 직접적인 표현이 된다.

날씨는 또 눈비가 섞인 雨夾雪天气였다. 오늘은 어디로 갈까를 확정하지 않고 나왔기에 버스 정류장으로 가서 버스노선을 보았더니 終點/종점이 世纪公園인 버스가 있어 올라탔다.

차장에게 10위안짜리 지폐를 내며 "世纪公园!(세기 공원요!)"이라고 했더니 6위안을 거슬러 주었다. 구간이 길어서 차비가 비싼 모양이었다. 상해를 동서로 가로질러 동쪽 黃浦江을 건너서 위치해 있으니 먼 곳이었다. 날씨는 우중충하고 막 밥을 먹은 상태여서 오랜 시간 앉아서 버스를 타고 가다 보니 좀 졸렸다. 귓가에 라디오 방송이 시끄럽게 들려서 깨었는데 黃浦江을 건너 浦東에 이르니 방송이 잡히는 것 같았다. 東方明珠塔/동방명주타워에 방송국이 자리 잡고 있으니 그럴 것이다. 시끄러운 방송소리, 텅 빈 버스 안, 밖은 눈비 내리는 희끄무레한 날씨에 드문드문 신축한 높은 아파트들이 보였다. 아파트들 사이를 가다가 드디어 종점인 듯한 곳에 멈추었다. 내려서 조금 걷다가 지나는 사람에게 물었다.

世纪公园在哪儿? (세기 공원은 어디 있나요?)
右边. (오른쪽에요.)

오른쪽으로 꺾어서 조금 가니 꽃으로 장식한 계단이 보이고 世纪公園이라 씌어 있었다. 門票는 10위안이었다.

　世紀公園은 지도상으로 꽤 큰 면적을 차지하고 있는 공원
이다. 그런데 가운데 호수가 있고 그저 산책길이 빙 둘러 있는
별 특징이 없는 현대식 공원이었다. 전망대가 있어 올라가 보
았지만 황량한 호수와 둘레를 도는 길 그리고 외곽에 아파트
들 외에는 정자 하나 보이지 않았다. 현대적 공원이라 그런 듯
했다. 조금 걸어 보니 夏園(summer garden)이라고 쓰여 있고
열대 수목들이 심어져 있는 구역도 보였다. 빗속에 데이트 나
온 두세 커플만 보일 뿐 평일 오후 궂은 날씨 속의 공원은 황
량했다. 길을 바꾸어 매표소에서 왼쪽으로 가 보니 매화전시
를 알리는 팻말이 보였다. 매화의 품덕을 칭송하는 말들이 쓰
여 있었다. 그런데 마침 오늘부터여서 아직 매화가 피지 않은
참이었다. 꽃망울이 몇 개 터진 나무를 골라 사진을 찍어 보았

다. 꽃들이 다 핀다면 볼만할 것 같았다. 비를 맞으며 매화나무 밭을 돌아다니며 사진을 찍는데 나처럼 이 궂은 날씨에 혼자 온 내 나이쯤으로 보이는 여자가 있어 내게 먼저 사진을 좀 찍어 달라고 부탁하였다. 양 볼이 빨간 얼굴이 특징이었다.

帮我照一张相, 好吗? (사진 한 장 좀 찍어 주시겠어요?)

好, 一二三. 好了. 你也帮我照张相好吗? (좋아요. 하나, 둘, 셋. 됐어요. 당신도 절 한 장 찍어 주시겠어요?)

好的.(좋아요.)

서로 빗속에 사진을 찍어 주었는데 눈이 렌즈를 가려 사진이 잘 나오지 않았다.

　다시 아까 버스 종점으로 가서 오는 버스를 타고 숙소로 돌아왔다. 이번에도 黃浦江을 건너는 장면을 보지 못했다. 아마 고가도로 등을 통해 건너느라 폭이 그다지 넓지 않은 강물이 보이지 않는 듯했다. 숙사로 돌아와 좀 쉬었다가 저녁을 먹으러 021로 갔다. 地瓜粥、奶黃包、蝦仁水晶包를 시켰는데 디지털카메라를 가져가는 걸 깜박해서 사진을 못 찍었다.

2월 2일_ 上海美術館 · 상해 미술관

아침은 이번에 心一代로 가서 油條/요우티아오를 먹을 작
정을 했다.

你要什么? (무얼 드실 겁니까?)
油条, 咸豆浆. (요우티아오, 소금 넣은 콩국물요.)
打包在这儿吃? (싸갈 겁니까, 여기서 먹을 겁니까?)
在这儿吃. (여기서 먹어요.)

모두 7위안이었다. 豆浆에는 건더기가 좀 있고 맛있는 편
이었다.

또 눈이 내리는 흐린 날씨였다. 숙사로 돌아와 방으로 올라
가기 전 30대로 보이고 소박한 분위기를 풍기는 陳小姐와 이

야기를 좀 했다. 黃山에 가려던 것을 눈 때문에 미루게 되었다고 하니 상해에 몇십 년간 이런 눈은 없었다. 雪災/눈 재난이라고 하면서

"黃山夏天去最好. (황산은 여름에 가는 게 가장 좋아요.)" 하니 옆의 아저씨가(나중에 알았는데 그녀의 남편이었다.)

"黃山是中國最漂亮的一座山. (황산은 중국에서 가장 아름다운 산입니다.)" 하고 거들었다.

방 안에 들어가서 조금 있으니 배탈기가 느껴져 화장실에 다녀왔다. 집에서 가져온 정로환을 먹었더니 좀 나아졌다. 아무래도 아침식사를 바꾼 것이 안 맞는 듯하다.

오늘은 눈이 내리니 실내에서 시간을 보내는 미술관에 가는 게 좋을 것 같았다. 上海美術館/상해미술관은 지도를 보니 人民廣場/인민광장에 있기에 地鐵/지하철을 타고 가는 게 편했다. 그래서 지하철을 타는 방향 쪽에 있는 제자와 함께 간 적이 있는 회사 1층 음식점으로 가서 점심을 먹었다. 옆자리 사람이 밥을 먹고 있는데 밥의 양이 퍽 많았다. 지난번에

제자와 먹었던 五香牛腩面을 시켰는데 옆자리의 남자가 먹는 五香牛腩飯으로 가져왔다. 즉 밥 한 그릇과 고기 한 그릇이었다.

我点的是面! (내가 주문한 것은 면입니다.)
哦, 不好意思, 请等一会儿. (오, 미안합니다. 조금 기다리세요.)

그리고는 이미 가져온 밥을 면으로 바꾸어 주었다. 五香牛腩面은 원래 국수 위에 고기를 얹은 것인데 밥을 가져가고 맨 국수 삶은 것을 가져왔다. 그릇에 담긴 고기는 양이 너무 많아 3분의 1도 못 먹었다. 무엇보다 국수 위에 야채가 없었다. 그래서 계산할 때 영수증에 五香牛腩飯 20위안이라고 쓰여 있는 걸 들고 가서 내가 원래 주문한 것은 五香牛腩面인데 五香牛腩飯으로 가져왔다가 바꿔 주는 바람에 야채를 못 먹었다. 가격을 싸게 해 달라고 했더니 주문을 받았던 30대로 보이는 여자 經理를 불러 사실 여부를 묻고는 五香牛腩面 가격인 15위안만을 내라고 했다. 내 생각에는 아무래도 비싼 걸 먹게 하려고 면을 밥으로 준 것인데 내가 꼬치꼬치 따지니 한 걸음 물러서는 듯했다.

지하철을 타고 人民廣場역에서 내렸다. 인민광장역은 換乘

站/환승역으로 규모가 상당히 큰 역이다. 대규모 지하상가도 있는데 婚紗/웨딩드레스만 판매하는 곳도 보였다. 11번 출구로 나가면 곧바로 고풍스러운 양식의 미술관 건물이 나온다. 門票는 박물관과 똑같이 20위안이었다. 입장료를 받는 곳이어서인지 역시 우산을 넣는 비닐이 제대로 되어 있었다. 주로 1층에 볼만한 그림이 많았다. 중국화, 즉 수묵화 위주의 그림들로 산수화、화조도、인물화 등이 두루 보였는데 수묵화와 수채화가 합쳐진 듯한 그림도 있고 油畵/유화도 조금 있기는 했으나 전통 그림인 수묵화만큼 발달하진 못했다.

　전시실의 뒤 계단으로 해서 4층의 전시까지 보았는데 사람
들이 많이 안 가는 위층 전시실에는 1967년 원자폭탄 폭발
성공을 경축하는 그림이라든가 5、60년대 毛澤東/모택동 시
절의 대약진 운동의 분위기를 반영하는 산업현장 그림 등이

있었다. 대체적으로 전통 수묵화는 문인의 정취를 보이는 고급스러운 작품이고 新中國/신중국 이후의 그림은 人民畵로 분류할 수 있는 대중적 정치적 성향의 그림이라고 볼 수 있다. 이러한 흐름은 비단 그림에서 뿐 아니라 현대문학에서도 보이는 것으로 현대시에서 무슨 유전의 발굴이나 공장의 생산량의 성과를 읊은 것과 현대그림에서 산업현장을 그림의 소재로 삼은 것은 같은 맥락이다. 長城/만리장성이나 상하이의 모습을 사진으로만 보다 그림으로 본 것도 좋은 경험이었다.

기념품 판매 코너에서는 티셔츠가 40 – 50위안, 그림이 그려진 스카프가 170위안이었는데 스카프 가격이 비싸서 사지 않았다. 5층은 레스토랑으로 되어 있었다.

돌아오는 길에 지난번 제자와 갔던 上島咖啡 건물에 불이 난 것을 보고 잠시 구경했다. 上島 咖啡 건물 안은 고급스럽고 편안했는데 밖에서 보니 연통이 건물 벽에 붙어 있고 거기에 불 길이 붙어 있는 것이 보였다. 소방대의 살수차가 그곳을 향해 집중적으로 물을 쏘아 끄고 있었다. 한참 구경하다 불이 다 꺼진 것 같아 숙사로 돌아왔다. 잠시 쉬었다가 021에 가서 糯米鷄와 南翔小籠包(8위안/8只)를 먹었는데 제자가 데리고 갔던 진짜 南翔의 것보다 맛있었다. 방금 쪄 낸 것이어서 그런지도 몰랐다. 입 안에 넣으면 정말로 톡 터지며 육즙이 퍼지고 새우 살이 씹히는 맛있는 작은 만두였다.

2월 3일_ 東台路 古玩市場 • 뚱타이 루 골동품시장

　오늘은 일요일, 아침은 교문의 오른쪽 길로 나가 中式餐廳
에 가서 菜肉大餛飩(8위안)을 먹었다. 야채가 많이 들어 있어
서 먹기에 좋았지만 숙소에 돌아와 추운 방에 좀 앉아 있으
니 또 배탈기가 느껴졌다. 빨래를 좀 하고 인터넷으로 한국쇼
핑사이트에 들어가 설날선물을 골라 보았으나 인터넷이 느리
고 화면이 제대로 안 떠 결제를 할 수가 없었다. 설날에 식구
들을 못 만나는 대신 선물이라도 부칠까 했는데 단념했다.

　제자가 가 볼 만한 곳으로 추천한 東台路 古玩市場/골동
품시장을 가기로 작정하고 지도로 위치 연구를 한 다음 학교
오른편 길로 해서 우선 점심부터 먹으러 갔다. 제자의 회사가
있는 건물 1층의 지난번에 메뉴를 잘못 내와 음식 값을 깎은

집이었다. 그 건물 입구에는 일본어 학원이 있어서 나에게 일어를 배우라고 전단지를 나누어 주었다.

음식점에 들어서니 그 낯익은 30대 여자 經理가 웃으며 우선 물부터 갖다 주었다.

先喝杯水! (먼저 물 드세요.)

021에서 먹었던 揚州炒飯이 아무 특색이 없었기에 이번에 이곳은 어떠한가 시켜 보았다. 가격은 15위안, 밥에 계란、완두콩、당근 조각、햄 조각、새우 조금을 넣고 볶은 것인데 건더기보다 밥이 더 많아 맛이 없었다. 지난 번 것도 무슨 특색이 없이 이런 재료들로 볶은 볶음밥인데 왜 특별히 揚州炒飯이라고 부르나 하는 생각이 들었다. 탕은 서비스로 주어서 좋았다. 실내 는 春節/음력설이 다가와서 소화전에다가도 福자를 거꾸로 붙여 놓았다. 이건 웬만한 사람들은 다 알듯이 중국어로 '거꾸로'의 '倒'와 '도착하다'의 '到'가 발음이 같아서 복자를 거꾸로 붙이 면 복이 이른다고 믿는 전통이 있기 때문이다.

지하철을 타려고 지나는 길에 상점의 상표도 이런 諧音/음 이 비슷한 것을 반영한 것이 보여 사진을 찍어 보았다. 胡錦 濤가 和諧/화해를 강조했는데 구둣방 이름이 合鞋地帶로 和 諧와 合鞋가 중국어로 발음이 같다. 이 구둣방은 胡錦濤가 和諧 정책을 강조한 이후에 생긴 집인지도 모른다.

婁山關路역을 마주한 버스 정거장에 버스노선이 많기에 차 비를 절약할 겸 버스로 갈까 하고 한참을 기다렸는데 기다리 는 311버스가 안 왔다. 정거장의 버스 표지판을 다시 살펴보 니 夜宵線/야간노선이라고 되어 있어 재빨리 맞은편의 지하 철로 이동했다. 평소 안 가 보던 노선을 타고 가다 환승을 하고 黃陂南路站에서 내렸다. 지도를 들고 방향을 잡아 가며 좁고 좀 지저분한 길을 찾아 가다 보니 드디어 東台路가 나오고 古玩市場이 보였다.

좁은 길 양쪽으로 골동품들이 진열되어 있었는데 그다지 큰 규모는 아니었다. 각종 도자기, 공예품, 털이 엄청 큰 붓, 고서, 2、30년대의 포스터나 여배우 사진, 모택동 어록, 1932년도 上海地圖/상해지도 등이 눈에 띄었다. 南宋/남송 高宗/고종이 썼다는 붓글씨 책이 보여 믿기지 않았지만 얼마인가 가격을 물었더니 170위안이라고 한다. 친필이라면 박물관에 있겠지 이런 곳에 있겠는가. 그리고 여러 집에 같은 책이 있다. 그러니 친필이 아니라 나중에 인쇄한 것인데 가격이 너무 비싸다. 그뿐 아니라

宋대 清明節/청명절의 수도를 그린 張擇端(장택단)의 유명한 그림 '淸明上河圖/청명상하도'도 책 모양으로, 아니 책 모양이지만 아코디언처럼 쭉 펼치면 가로로 기다란 그림이 되는 형태로 가게마다 있었다. 작년 답사 때는 종이로 인쇄된 것을 10위안에 샀는데 이것은 비단에 인쇄한 것으로 채색도 흑백에 가까웠다. 그래도 송시 연구자로서 왠지 이 그림만 보면 사고 싶어지는 경향이 있어 가격을 물어 보았더니 150위안을 부르기에 그냥 나왔다.

골동품 시장의 물건들은 다 낡은 물건들로서 별로 애착이 가는 물건이 없었다. 골목을 다 돌아보고 여기까지 와서 아무 것도 안 사 가자니 섭섭해서 다시 입구께에 있는 한 집에서 '청명상하도' 가격을 물으니 역시 150위안을 부른다. 중국어 수업을 할 때 중국에서는 무조건 반으로 값을 깎아야 한다는 교재를 썼었기에 큰맘 먹고 나도 討價還價/흥정을 했다.

太贵了. (너무 비싸요.)

你要多少钱? (얼마를 생각하시나요?)

80块怎么样? (80위안 하는 게 어때요?)

不行. (안 돼요.)

那不要了. (그럼 사지 않겠어요.)

加一点吧. (조금만 더 보태 주세요.)

85块. (85위안요.)

不行. (안 됩니다.)

책에 있던 대로 진짜 발길을 돌려 가니 '95塊/95위안'를 부른다. 대신 뭘 좀 더 달라고 하며 1932년 상해지도를 가리키니 그건 200위안이라고 한다. 그 대신 고무줄로 묶어 놓은 사진 뭉텅이 중에서 사진을 한 장 고르라고 했다. 청대 변발을 한 남자의 사진 한 장을 골라 얻어 가지고 나왔다.

黃陂南路역이 太平洋百貨의 지하와 연결되어 있어 들어서니 입구에 빵과 조각 케이크 등을 파는데 빵은 한 개에 6 – 8위안, 조각 케이크는 15위안 정도로 우리나라와 비슷했다. 음력설 지나면 곧 情人節/밸런타인데이도 다가와서 그런지 巧克力/초콜릿도 많이 보였는데 보통 책 크기만 한 것이 200 – 400위안, 좀 작은 것은 6、70위안 정도 했다. 초콜릿 가격을 보니 왠지

'청명상하도'를 싸게 산 것 같은 느낌이 들었다. 여성 구두는 400 – 600위안 정도, 세일하는 상품들이 많았는데 중국식 윗옷이 사고 싶었으나 본래 가격이 800위안대에 아직은 打八折/20% 할인이라서 나중에 50% 할인이 되면 기회를 보아 사야겠다고 마음먹었다. 쇼핑하는 사람들은 빵을 한 개씩 사서 먹으면서 돌아다니는데 나는 빵 가격이 비싸게 느껴졌기에 왠지 내가 가난한 사람처럼 느껴졌다. 상해인들도 아까 東台路의 초라한 골목의 낡은 집에 사는 사람들은 소비수준이 낮을 것이다.

좀 피곤함이 느껴져 지하철역에서 열차 한 대를 그냥 보내고 의자에 앉아 좀 쉬었다. 상해 지하철은 자주 오는 편이어서인지 의자에 앉으려고 다투는 사람이 없다. 지하철 안에는 공짜로 신문 같은 것을 가져가는 기계가 놓여 있는데 평소에는 닫혀 있는 것 같았다. 지하철 곳곳에서 볼 수 있는 그 기계에는 쥐띠 해를 맞아 쥐의 그림이 그려져 있는 것이 특징이었다. 숙사로 돌아오는 길에 全家/패밀리마트에 들러 3.3위안 하는 과자를 한 개 샀다. 저녁은 心一代에서 紅燒粉絲湯을 먹었는데 이게 湯이어서인지 또 물었다.

別的不要吗? (다른 건 필요 없나요?)
不要. (필요 없어요.)

다른 때보다 고기가 적고 야채도 적고 양이 적어 숙사로 돌아온 다음 奶茶를 타서 사온 과자와 더 먹었다.

2월 4일_ 復旦大學 • 푸딴 대학

아침을 바꾼 뒤로 배탈이 많이 났기에 이번에는 음식점에 들어가 죽을 사 먹어 보기로 했다. 마침 021에도 메뉴쪽지에 죽이 있었기에 거기로 갔다. 아침 이른 시간이라 손님이 아무도 없고 종업원이 준비를 시작하는 중인 듯했는데 내가 生滾魚片粥(6위안)를 시켰더니 조금 시간이 흐른 뒤에 사복 차림의 청년이 두 손으로 죽 그릇을 받쳐 들고 왔다. 흰 살 생선이 비교적 많이 들어간 맛있는 죽이었다. 돌아오는 길에 늘 다니던 길이지만 보도블록을 보니 차를 세워 두는 위치라고 네모나게 표시해 놓은 것이 보여 사진을 한 장 찍었다. 노변에 자전거가 많이 다니니까 우리나라처럼 길가에 주차하는 경우가 드문 듯했다.

　오전 나절 공부를 좀 하다 오늘은 숙소에서 비교적 먼 復
旦大學에 가 보기로 작정했다. 우선 점심을 먹으러 교문 오
른편으로 가 제자의 회사 1층에 있는 음식점에 들렀다. 또 면
을 시켰다.

　五香牛腩面! (오향 소고기 국수요)

　今天面比较慢. (오늘은 면이 좀 늦게 나오는데요.)

　那么茄子饭吧. (그럼 가지볶음밥요.)

　好的. (좋습니다.)

 　茄子飯은 16위안이었는데 맨
밥 옆에 야채 하나, 기름에 볶
은 가지 한 그릇, 옥수수 반
토막을 넣어 끓인 국을 가지
고 왔다. 그리고 봉지에 넣은
굴 하나를 서비스로 주었다. 春節가 가까워져서 서비스로 준
듯했다.

人民廣場/인민광장역에서 환승을 하는데 이번에는 처음 가 보는 방향으로 가다 보니 한쪽 벽면에 낙서가 가득한 특이한 모습이 눈에 띄었다. 中國共産青年黨/중국공산청년당이 주최 하는 것 같은데 '상해를 사랑하는 마음'이라는 표제하에 청년 공익주제행동이라고 쓰여 있었고 생명을 위해 헌혈하는 것 같은 것을 고취하는 내용인데 공익과 관련된 내용은 가려지 고 그 위에 연예인들, 神話, 東方神起 등의 낙서와 자기 애 인의 이름들을 적어 놓은 낙서가 많았다. 갑자기 한 아가씨가 벽으로 뛰어가 쪼그리고 앉아 글씨를 썼는데 자리를 뜬 다음 에 보니 다음과 같이 쓰여 있었다. "祝自己找到女朋友.(네 스 스로 여자 친구를 찾기 바래.)"

婁山關路역으로 가서 復旦大學 근처까지 지하철을 타고 갈 생각이었다. 지도상으로 북쪽으로 거리가 좀 멀었고 지하철도 새로 생긴 노선으로 환승해서 가고 있는데 갑자기 안내방송에서 지하철이 故障/고장 났으니 다 내리라고 했다.

全部下车! (모두 열차에서 내리세요!)

사람들은 지하철 출입구 앞에 몰려서 북새통을 이루며 아우성을 치고 있었다. 옆에 있어 봐야 시간 낭비일 것 같아 출구를 찾아 일단 나왔다. 도로들은 비교적 널찍했고 아파트들이 많은 주거지역이 나왔다. 菜市場/재래시장 하나를 지날 때 보니 역시 중국의 특징으로 고기는 냉장하지 않은 채 그냥 팔고 생선도 고무대야에 담가 놓은 채 팔고 있었다. 오렌지 큼직한 것이 10개 한 망에 10위안이라 되어 있어 값이 무척 싸다고 느꼈으나 들고 다닐 수가 없어 못 샀다. 지도를 보며 復旦大學까지 가는 버스가 있는 길을 찾으려고 무척 헤맸다. 도중에 여러 번 길을 물었는데 한 무뚝뚝한 키 큰 여자는 내 물음에 오만한 표정으로 단호히 대답했다.

復旦大学怎么走? (푸딴 대학 어떻게 갑니까?)
不知道. (몰라요.)

그래도 친절한 사람들이 더 많았다. 내가 겨우 復旦大學으로 가는 991번 버스가 있는 샛길을 찾아 거기 정류장에 서 있는 여자들에게 확인차 물었더니 여기서 타지 말고 저 길 건너 大潤發超市에서 타라고 했다. 그 아줌마들은 마치 한 동네 사람처럼 환하게 미소 짓는 얼굴로 이구동성으로 저 멀리 길 건너편에 보이는 超市/마트를 가리키며 친절하게 말했다. 이런 사람들은 중국의 대표적인 순박하고 때 묻지 않은 사람들이다.

大潤發超市는 높은 백화점 건물은 아니고 낮고 평평하고 널찍한 마트 건물이었는데 아주 큰 규모였고 여러 대의 전용 셔틀이 손님들을 각 행선지별로 태워다 주고 있어 서울 강

남의 백화점 노선버스가 생각났다. 그 근처에서 드디어 復旦大學으로 가는 991버스에 올라탔다. 얼마나 오래 헤매었는지 시간이 벌써 오후 4시 반경이 되어서 혹시 교문을 닫은 것이 아닐까 염려스러웠다. 헐레벌떡 뛰어가서 교문의 경비에게 물었다.

可以进去吗? (들어가도 됩니까?)
可以. (됩니다.)

중국대학에 흔하게 교문 안쪽에 모택동 동상이 맞이하고 있었다. 이곳은 復旦大學의 본교인 邯鄲校區로 1905년 개교했고 중국인이 스스로 세운 최초의 고등대학이라고 한다. 復

旦은 근대교육가 馬相伯이 ≪尙書大傳・虞夏傳≫에 나오는 '日月光華, 旦復旦兮(해와 달은 빛나 아침 오고 또 아침 오네.)'에서 글자를 따서 선정한 이름으로 이 학교에서 魯迅、郭沫若、老舍 같은 유명한 문인이나 학자들이 강연도 하고 가르치기도 하였다. 2000년 上海醫科大學이 復旦大學과 합병되어 명실 공히 상해 최고의 종합대학을 이루었다. 현재 이곳으로 유학 와 있는 모교의 후배도 몇 명 있었다. 교정에는 학자 몇 명의 조각상이라든가 교실 건물, 도서관, 사무실, 정원 등이 있는데 캠퍼스가 넓어서 자전거로 다녀야 편할 것 같았다. 대개는 4、5층 건물인데 두어 개 과학기술 건물 같은 것이 좀 높은 건물이었고 갑자기 엄청 높은 고층 쌍둥이 빌딩이 나타났는데 그 건물이름은 光華樓로 새로 지은 건물인 듯했다. 대충 학교 안을 훑어보고 아까 들어왔던 문으로 나왔다. 학교 안에서 본 안내도에 의하면 큰 도로가 동서로 가로질러 지나가고 남쪽에 또 교정이 계속된다는 것인데 너무 피곤해서 거기엔 들어가 볼 엄두가 안 났다. 올 때 예상했던 교통편이 엉망이 되었기에 숙소로 돌아갈 일이 걱정이었다.

　버스 정류장의 팻말을 연구해 보니 일단 위치를 아는 浦東으로 가서 지하철을 타고 돌아가는 게 택시를 안 타는 유일한 해결책 같았다. 復旦大學 학생으로 보이는 여학생에게 물었다.

　　在这边坐车可以去浦东大道吗? (이쪽에서 타면 푸뚱대로에 갈
　　　수 있나요?)
　　对. (맞아요.)

　이번에도 또 무슨 강물 같은 것이 보이지 않은 채 고가도로를 돌아서 浦東으로 접어들었다. 일단 浦東에 오면 陸家嘴 역으로 가서 지하철만 타면 된다. 그래서 버스가 浦東大道를 지날 때쯤 내렸다. 거리는 이미 어둑어둑했다. 근처의 버스 정류장에 보니 陸家嘴로 가는 버스가 있어 무작정 올라타고 기사에게 지폐를 보이며 말했다.

　　对不起, 没有零钱. (미안합니다. 잔돈이 없어서요.)
　　算了, 算了. 以后不要这样就好了. (됐어요, 앞으로 이러지 않

으면 됩니다.)

그리고는 차비를 안 받는 것이었다. 나는 미안해서 운전석 뒤에 앉아 지갑의 잔돈, 즉 角、分짜리 동전을 다 털어 2위안을 만들어 이걸 내도 되냐고 하니 "可以.(돼요)"라고 하기에 동전 투입구에 와르르 잔돈을 쏟아 부었다. 陸家嘴역 정거장에 내려 地鐵站/지하철역을 찾아가다 보니 바로 옆에 東方明珠타워의 커다란 삼각형 다리가 나타났다. 몇 년 전 밸런타인데이 무렵 패키지여행으로 처음 상해에 왔을 때 동행객인 남학생 두 명과 상해를 여행하면서 이 동방명주타워에도 올라간 추억이 있어 새삼 감회가 깊었다. 그때는 수박 겉핥기식 여행이었는데 이번에는 그 속을 내가 이렇게 속속들이 걸어다니고 있는 것이다. 동방명주타워는 불이 덜 켜져 희끄무레하게 보였지만 웅장했고 서양 아가씨 두 명이 거기를 배경으로 사진을 찍고 있었다.

仙霞路 숙소 근처로 돌아오니 평소보다 시간이 늦은 까닭에 음식점들이 다 문을 닫았다. 저녁식사 시간이 끝나면 대개 문을 닫는 모양이었다. 마침 한 작은 음식점에 불이 켜져 있어 들어갔다. 桂林米粉 집인데 米粉은 메뉴판에 안 보이고 면 종류가 있어서 하나 시켰는데 면발이 쫄깃하고 맛이 있었다. 그러나 좌석이 10개도 안 되는 좁은 집으로 주방 사람과 카운터 사람이 廣西省 이야기를 하는 것도 다 들어야 하는 개인 공간이 부족한 것이 흠이었다.

2월 5일_ 外灘 • 와이탄

　아침은 021에서 五香牛肉鷄絲面(6위안)을 먹었다. 특별한 맛은 없었다. 숙사에 돌아와 인터넷을 통해 강의계획서를 쓰고 있는데 제자가 방문했다. 낼모레 음력설엔 한국에 돌아갔다 올 참이고 그 전에 회사 일을 휴무한 김에 하루를 나와 더 상해구경을 할 수 있게 되어서 찾아왔다고 하였다. 중국 과자와 밀크티 남은 것을 들고 와서 주었다. 예전에 북경에서 방학 동안 한 달 있을 때 거의 사람을 만나지 않고 북경대 대학원생인 輔導/개인교사와만 어울려 지냈었는데 이번에도 여기에서는 누구를 굳이 방문할 생각이 들지 않았고 처음부터 숙소를 소개해 준 이 제자와 유일하게 어울린 셈이다. 중국에 올 때부터 준비해 온 新加坡/싱가포르의 차이나타운에서 산 예쁜

紅包/붉은 봉투에 200위안을 넣어서 제자에게 주었다. 곧 설이니 세뱃돈인 셈 치고 받으라고 했다. 豫園/위위앤을 갈까 하다가 공원은 지난 번 가 보았고 또 비가 조금씩 내리고 있어 外灘/와이탄에 가기로 했다. 옷을 챙겨 입고 나서는데 잇몸이 좀 들솟는 느낌이 들었다. 매일 돌아다니는데 점심 먹고 이를 안 닦고 다닌 것도 이에 안 좋았을 테고 또는 막 겨울 계절수업을 끝내자마자 또 여행을 와서 외지에 있으니 몸이 피곤해서 그런지도 몰랐다. 지하철로 黃浦江을 지나 陸家嘴역에 내려 우선 金茂大廈에 가서 점심을 먹기로 했다. 지하철 역사 안에는 동방명주타워와 근처 건물들의 모형을 유리로 만들어 전시해 놓은 것이 보였다. 출구를 나오니 스카이라인을 장식한 고층 건물들이 보여 사진을 몇 장 찍었다.

동방명주타워 바로 옆에 있는 상해에서 가장 높은 빌딩(그 옆에 더 높은 빌딩이 신축중이지만)인 88층 金茂大廈는 54층

과 87층에 커피숍이 있는데 우선 점심을 먹어야 해서 적당한 곳을 찾던 중 제자가 예전에 친구와 金茂大廈 옆 건물의 3층 인가에서 값싸고 맛있게 먹은 집이 있다면서 거기로 가자고 했다. 金茂大廈 안으로 들어가 연결되어 있는 옆 건물로 갔다. 우리나라 강남 무역센터 상가처럼 사람들이 뜸한 상점들을 지나 과연 3층인가에 음식점이 하나 있었다. 동방명주가 바라다 보이는 창가 좌석에 앉았다. 내가 앉은 자리에 드리워진 커튼에는 天莘庭이라고 한자로 쓰여 있고 영어로 Paradise garden이라고 되어 있었다. 20위안대인 上海炒面과 역시 20위안대인 00生煎包 그리고 40위안대인 00炒飯을 시켰다.

> 要喝什么茶? (무슨 차를 마시겠습니까?)
> 不要. (필요 없어요.)

평소 절약하던 습관대로 따로 음료를 시키지 않아 버렸다. 음료 가격이 20~30위안이니 요리 값보다 비싸 아까운 느낌이 들었다. 한쪽 귀에 이어폰을 꽂은 제복 입은 종업원이 야채를 넣어 볶은 上海炒面과 개인 접시 2개를 가져와서 물었다.

> 要分一下吗?[6] (좀 나누어 드릴까요?)
> 不用. (아니요.)

---

6 分一下는 면을 잘라서 두 접시에 나누어 준다는 뜻인데 면발이 길어 자른다는 뜻은 剪一下로 표현한다.

그랬는데 큰 접시의 면을 잡아당겨 먹기가 불편해서 다시 종업원을 불러 "分一下 (좀 나누어 주세요.)"로 바꿔 말하니 가져 갔던 개인 접시를 도로 가져 와서 두 접시에 나누어 주었다.

上海炒面은 약간 자장면 같은 볶음면으로 무척 맛이 좋았 다. 生煎包는 위는 보통만두처럼 무르게 찌고 바닥은 딱딱하 게 구워서 나오는 만두로 각자 두 개씩 먹었는데 역시 맛이 좋았다. 炒飯/볶음밥은 한참 걸려서 나왔는데 내가 늘 먹던 糯米鷄처럼 나무 잎사귀로 커다란 네모를 만들어서 접시에 담아 왔기에 역시 '分一下'해 달라고 했더니 잠시 뒤 세 공기 에 밥을 담아 왔다. 음료가 없어 좀 빽빽하긴 했지만 그래도 먹을 만했다. 이따가 金茂大廈에서 커피를 마시려면 또 돈이 많이 들 것 같고 또 내 성향이 화끈하지 못해서 맛있게 한 번 의 식사를 음료까지 완비시키지 못했다. 예전에 싱가포르 갔 을 때도 저녁식사 후 자유시간에 여행객 중의 대학원 졸업반 학생과 싱가포르 리버 부근을 돌아다녔는데 그때 여행 코스에 서는 절대 나오지 않을 싸고 맛있다는 킹크랩을 먹어 볼 수 있는 유일한 기회였는데 그냥 커피숍에서 음료 한 잔을 사 주 는 것으로 끝냈던 것도 그랬다. 제자에게 음료를 안 사줘서 미안하다고 말했더니 괜찮다고 했다. 가격은 총 88위안이었 다. 그런데 예기치 않게 후식으로 과일 디저트를 내왔다. 빽빽 하게 음식만 먹던 참이라 신선한 과일이 너무 반가웠다. Paradise garden은 이름에 걸맞게 고객에게 만족감을 주는 곳 인가 보다.

　　점심을 마친 후 건물이 연결되어 있는 金茂大廈로 갔다.
春節 분위기의 장식들이 눈에 띄었다. 정 가운데 엘리베이터
앞에는 87층 전망대가 있는 곳으로 올라가려는 사람들이 줄
지어 서 있었다. 안내양에게 물었다.

　　54楼怎么走? (54층은 어떻게 갑니까?)
　　出了那个木门有电梯. (저 나무문을 나가면 엘리베이터가 있어요.)

　　구석에 사람들이 다니지 않는 닫힌 문이 있었는데 거기로
나가니 정말 엘리베이터가 있었다. 엘리베이터는 금빛이었고
키가 큰 안내양이 탑승해 있었다. 54층까지 가는 전용 엘리베

이터였다. 54층에 바로 이 金茂大廈의 대부분을 차지하는 하얏트 호텔 객실의 손님들이 주로 이용하는 전망대형 餐廳/음식점이 있었다. 식당엔 사람들이 꽉 차 있었고 종업원이 "你们吸烟吗? (당신들 담배 피웁니까?)"를 묻고 금연석인 가운데께 자리를 안내했지만 밖의 外灘/와이탄이 잘 안 보이는 자리라 식당에서 나와 사람들이 적은 로비의 한적한 자리에 앉았다. 역시 키가 매우 큰 여자 종업원이 무슨 차를 마실 것인가를 물었다. 菊花茶(55위안)와 拿鐵咖啡(카페라떼/50위안)를 주문했다. 예전 패키지여행 때 가이드가 상해에서는 키가 큰 여자가 취직이 잘되기 때문에 키 크는 약을 먹는 여자도 많다고 했는데 이곳의 종업원들은 다 키가 컸다.

국화차는 패키지여행 때 杭州/항주의 龍井茶/용정차를 사면서 함께 사 본 적이 있었지만 가족들이 잘 마시려고 하지 않아 썩혀 버린 경험이 있다. 종업원은 스테인리스

차주전자를 열어 국화차를 보여 주고 그 찻물을 잔에 따라 주었다. 차를 마시면서 마침 제자가 회사에 제출할 건강진단서 발급받은 것을 보여 주기에 살펴보았다. 외국인이 많이 이용하는 병원이라서인지 깔끔하게 파일로 철해서 서류로 만들어 주었다. 제자의 증명사진이 한류스타 같다고 말해 주고 서로 웃었다. 제자가 원래 인턴으로 있던 회사는 작은 회사인데 30대 미인 중국 여자가 사장으로 20년 연상의 일본 남자가 남편이고 남편이 중국에 차린 회사라고 했다. 이번에 취직된 회사는 중일합작회사인데 중국 남자가 회장이고, 부인은 한국 여자라고 했다. 한국 파트、일본 파트가 있는데 일본 파트가 더 크고 중국 내에 14개의 지사가 더 있다고 한다. 제자는 한국 파트의 구성원인 사장、조선족 2명과 함께 건축부문에서 일하게 된다고 했다. 그동안 인턴 경험을 통해 볼 때 일의 어려운 점은 중국어 회화보다 계약서 같은 문서를 잘 이해하고 작성해야 하며 직접 손으로 한자를 쓰는 것이 가장 어려웠다고 한다. 인턴 때에는 한 달에 1,500위안 받으며 오히려 회사에 비용을 지불했었는데 이번에는 취직이 되어서 한 달에 8,000위안을 받기로 합의 봤다고 한다. 중국의 면접은 평범한 내용을 주로 물어 면접 스트레스가 없고 희망급여를 말하라고 해서 미리 인터넷을 통해 연구한 대처 방안을 활용해 7,500 - 8,500위안 사이라고 하니 딱 8,000위안을 주기로 하였다는 것이다. 이 계약은 1년 뒤에 다시 갱신하게 된다는데 어쨌든 잘 취직이 된 셈이다. 중국인 노동자 월급이 1,500위안인 것을 감안하면 글로벌 기업이라 역시 많은 월급을 주는 것이다.

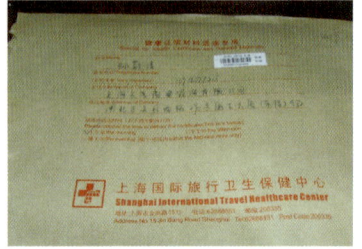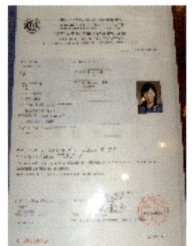

　제자의 남자 친구는 일본인 회사에 다니는데 상급 직위는 모두 일본인이고 일을 많이 시키는 회사 분위기가 싫어 회사를 옮기려고 한다고 했다. 그 친구는 상해 외곽에 사는데 제자가 상해 말을 배워 보려고 책을 한 권 사려 했으나 상해 말도 시내 말과 외곽 말이 또 다르다고 해서 그만두었다고 한다. 정말 상해에 돌아다니면 표준 중국어(＝만다린) 듣기 실력 향상에 도움이 별로 안 된다. 상해 사람들이 상해 말로 대화하기 때문이다. 시간이 흘러 화장실이 가고 싶어서 종업원에게 물었다.

　　卫生间在哪儿? (화장실은 어디 있나요?)
　　一直走, 右边. (죽 가세요, 오른쪽이에요.)

　54층 餐廳의 화장실은 실내가 화려했다. 볼 일 보고 손을 씻으려고 수도꼭지에 손을 대니 물이 자동으로 안 나와 고개를 갸우뚱하니 옆에 대기하고 서 있던 종업원이 물을 틀어 주었다. 그리고는 옆에 접혀 있는 손 닦는 수건을 두 손으로 받쳐 들고 서서 내가 손을 닦기를 기다렸다가 내주었다. 아마 객실 손님으로 보고 서비스를 열심히 해 주는 듯했다. 제자에게 이 이야기를 해 주고 가 보라고 했다. 화장실 볼 일을 다본 후 제자가 자기가 커피 값을 계산하겠다고 해서 그러라고 했더니 121위안어치 영수증을 내주었다. 제자가 계산이 맞지 않는 것 같다고 이상해하는데 옛날 북경의 호텔에 머물 때 服務費/봉사료를 받았던 것이 기억나 아마 서비스 차지가 붙어서일 거라고 해 주었다.

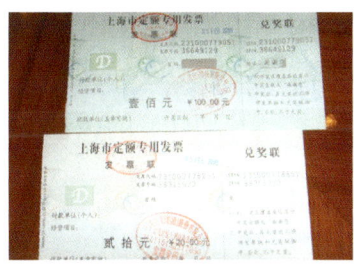

좀 걸어서 外灘/와이탄으로 갔다. 상해 패키지여행 때 유람선을 타면서 外灘을 바라볼 때 영화 속 장면에 들어 있는 기분이었는데 이번에는 外灘의 반대편 신시가지 浦東에서 멀리 바라다보니 웅장한 느낌이 덜했다. 그래도 租界시대의 건물이 강가에 나열되어 역사의 흔적을 바라다볼 수 있어 감회가 깊었다. 제자가 빌려 준 상해 안내책자 하나에는 이 外灘의 건물이 도형으로 그려져 있고 명칭을 다 붙여 놓았다. 20세기 초 上海가 중국금융의 중심지가 되었을 무렵부터 대형은행들이 모여들면서 고층빌딩이 생겨났다. 본래 모래사장이었던 곳이 높은 빌딩숲을 이루게 되었는데 외국의 租借地였기에 '外'자를 붙인 듯하다. 상해가 항구도시이기에 黃浦江에는 배가 종종 지나다니는데 한 배는 2010년 상해에서 열리는 世博/세계박람회의 마스코트 海寶가 그려진 간판을 싣고 지나갔다.

외灘을 충분히 감상한 다음 지하철을 타고 나는 숙소로 제자는 취직되면서 옮겨 나간 다른 숙소로 돌아가게 되었다. 상해의 지하철 자동판매기가 편리하다고 했더니 근래에 잘되게 된 것이고 예전에는 검표원이 표를 검사하는 식이었다고 한다.

숙소에 돌아와서 쉬었다가 021에 가서 저녁을 먹었다. 地瓜粥와 鮮蝦燒麥(12위안)을 시켰는데 鮮蝦燒麥은 양이 적었지만 맛이 좋았다.

밤이 되면서 간간이 폭죽소리가 들리기 시작했다. TV도 설날 이야기를 주된 화제로 삼았다.

2월 6일_ **春節晚會 · 음력설 전야제**

　　음력설이 바로 내일이라 TV에서는 아침부터 "我们的春节
又快到了.(우리 음력설이 곧 또 다시 되려고 합니다.)" 하면서 각
종 오락 프로그램을 방영했다. 021에 가서 아침을 五香牛肉
鶏絲粥(6위안)으로 해결했다. 죽이 좀 미지근했다. 길에는 어
제 烟花爆竹/불꽃 폭죽을 터뜨린 잔해가 화단에까지 남아 있
었다. 숙사에 돌아와서 인터넷으로 가족 카페에 그간의 사진
중 몇 장을 골라 올리고 새해 복 많이 받으시라는 글을 올렸
다. 예전에도 언젠가 중국에 여행 온 때가 음력설인 때도 있
었는데 이번에는 한 달간을 있다 보니 설의 분위기가 새삼
더 느껴졌다.

　　학교에 통화할 일이 있어 전화를 했었지만 아무도 안 받기

에 이상하다고 생각했는데 오후에야 한국은 오늘부터 휴일이라는 걸 깨달았다. 오늘은 다소 휴식하는 마음으로 보내야겠다고 생각하고 좀 쉬다가 점심은 心一代에서 台式炒米粉(10위안)을 먹었다. 그리고 그 길로 걸어서 家樂福에 갔다.

길가의 상점들은 문을 닫은 곳이 종종 눈에 띄었고 또는 음력설 기간 언제 언제 영업한다는 안내 문구를 내걸기도 하였다. 家樂福앞에는 烟花爆竹/불꽃 폭죽을 사려는 사람들이 북적대었다. 家樂福 안도 사람들이 너무 많았다. 내가 과일 코너에서 오렌지를 만지작거리고 있을 때 남자 직원이 다가와 "放包前面.(가방 앞으로 하세요.)"이라고 주의를 주었다. 청포도가 맛있어 보여 숙사의 陳小姐에게도 하나 주려고 씨 없는 수입청포도 두 팩을 샀다. 그리고 설 기념으로 중국인들이 장식으로 걸어 놓는 中國結/중국매듭 두 개를 샀다. 中國結는 생각보다 가격이 쌌다. 영수증은 다음과 같다.

欢迎到家乐福古北店

机21 人7182 单67179
进口青提(수입신강성청포도) 23.34
进口青提(수입신강성청포도) 25.35
雀巢咖啡(네스카페커피) 11.70
荷包挂饰(매듭공예) 3.90
小绒布吉祥吊饰(길상 매듭공예) 4.90
小计(소계) 69.19
舍入调整(우수리 정리) 0.09 -
总计(총계) 69.10
现金(현금) 100.10
找零钱(거스름돈) 31.00

중국인들은 미국인들처럼 잔돈을 거슬러 줄 때 큰 돈을 내면 그것으로 계산하고 나머지를 잔돈으로 내주기보다 큰 돈+잔돈을 받아서 약간 큰 잔돈으로 거슬러 주는 습관이 있다. 그래서 이번에도 100위안을 내고 거기에 1毛를 더 내고 31위안을 거슬러 받았다. 이 마트에서는 分자리의 돈은 깎아 주고 받지 않는다.

　　TV프로에서는 雜技/잡기나 武術表演/무술공연을 하고 있었는데 이 방면으로 중국은 오랜 전통과 뛰어난 기술이 있다. 상해 패키지여행에는 서커스관람이라고 이런 전통기예공연관람이 꼭 있게 마련인데 그런 곳에 가면 큰 극장 안에 세계 각국의 관광단이 꽉 들어차 진귀한 무대공연을 보는 재미가 있다. 올림픽을 의식해서인지 운동복을 입고 발판에서 뛰어올라 몇 바퀴 굴러 농구 골대에 백발백중으로 골을 넣는 묘기도 있었다. 主持人/진행자가 "如果这些姑娘小朋友们参加奥运会, 金牌肯定是她们的." (만약에 이 아가씨와 청년들이 올림픽에 참가한다면 금메달은 분명 그들 것입니다.)라고 칭찬을 하였다. 온통

春節/음력설을 화제로 삼는 공연들로서 笑劇/코미디、唱歌/노래、相聲/상성 등 다채로운 프로그램이 있었다.

저녁을 먹으러 나설 때 總台의 陳小姐가 말했다.

过年好! (새해 안녕하세요!)
过年好! (새해 안녕하세요!)

그녀는 국수 그릇을 들고 현관께의 방 안으로 학생 두 명과 들어가면서 같이 먹자고 권했는데 낯선 자리가 싫어서 소화가 잘 안 되어 밖에 나가서 간단한 걸 먹으려고 한다고 사양했다. 길거리는 한산해졌고 문 닫은 집이 더욱 많아졌다. 상점마다 春節과 관련하여 붉은 종이에 금빛 글씨의 對聯을 붙이기는 하였으나 예전에 東北의 沈陽시에서 보았던 것보다는 덜 요란한 느낌이었다. 늘 가는 식당 옆의 火鍋(전골)집에는 다른 날보다 손님이 많았다.

혼자서 그런 걸 먹을 수도 없고 해서 그냥 021에서 糯米鷄(6위안)와 鮮蝦水晶包(12위안)를 먹었다. 물을 안 갖다 주어 갖다 달라고 하니 그제야 가져 왔다. 중국의 설날 풍습은 그믐날 밤 식구들이 모여 1) 吃年夜饭(그믐밤 식사) 하고 2) 放鞭炮(폭죽 터뜨리기) 하고 3) 发压岁钱(세뱃돈 주기) 하는 것으로 요약할 수가 있다. 고향에 못 간 사람들도 아까 그 陳小姐와 학생들처럼 모여서 같이 식사를 하는 것이다. 밖에서 年夜飯을 먹는지 아니면 직장동료들인지 큰 식당에서 많은 사람들이 식사를 하거나 마치고 나오는 모습이 보였다.

설 전날 밤 TV 프로그램이 春節聯歡晚會(＝春節晚會)라고 해서 가장 주목을 끄는 프로그램이다.

오락프로그램들이 계속되면서 출연자들은 "给你们拜个年!(새해인사 드립니다.)"이라고 하면서 새해 분위기를 내었다. 내일 홀가분하게 상해 도서관에서 보낼 참이었기에 저녁에 좀 늦게 자도 될 것 같아 春節晚會 프로그램을 계속 시청했다. 12시가 다 되어 가니 周杰倫이 나와 흰색 바탕에 푸른 무늬가 그려진 커다란 青花瓷 도자기와 그와 비슷한 배경의 우아한 무대에서 마지막으로 '青花瓷' 노래를 열창했고 이어 올해 달에 우주선을 띄웠던 중국답게 로켓 발사 장면을 비추어 주었다. 宇航員/우주인 여러 명이 가운데에 최초 유인우주선에 탑승했던 楊利偉/양리웨이를 데리고 나왔다. 楊利偉는 다른 사람들보다 키가 작은 편이었다. 한쪽에서는 五星紅旗(중국국기)를 네 명이 펼쳐 들었고 宇航員들이 국기를 향해 거수경례를 한 다음 국기를 접어서 楊利偉에게 전달하였다. 몇 마디 음력설 축하 인사말이 있고 국가를 부르는 것 같았는데 폭죽소리가 요란해져서 알아듣기가 어려웠다. 美的/Midea 상표 시계의 초침이 12시를 가리키자 '春節好/새해 안녕하세요'라고 쓰인 커다란 붉은 천으로 싼 건물 둘레로 폭죽이 일제히 터지기 시작했다. 숙소 주변도 일제히 폭죽이 터지기 시작했는데 예전에 春節을 중국에서 보낸 적이 있지만 이렇게 요란하게 폭죽을 터뜨리는 것은 못 느꼈었다. 연발폭죽이어서 그런지 푸드덕푸드덕 소리가 온 천지에 가득했다. 폭죽을 너무 많이 터뜨려 드디어 방 안으로 폭죽 연기 냄새가 스며들어 왔다. 이래가지고 내일 아침 무사할까 싶을 정도였다. 그 시끄러운 와중에서도 어느새 잠이 들었다.

2월 7일_ 孫中山故居 · 손중산 옛 저택

아침은 과자와 포도, 밀크티, 커피로 대신했다. 씻고 나갈 때 總台의 陳小姐에게 포도 한 팩과 한국에서 가져온 차를 선물로 주려고 들고 내려갔는데 아무도 안 보였다. 현관께의 방문을 노크하니 안에서 陳小姐의 남편인 아저씨가 나왔다.

春节好! 这是我的心意, 请收下. (새해 안녕하세요! 이것은 제 정성이니 받아 주세요.)

不用这么客气了! 谢谢! (이렇게 예의 차리실 필요 없어요, 고맙습니다.) 今天中午你在这里吗? 我请你吃水饺. (점심때에 여기 계시나요? 만두를 대접해드리겠습니다.)

今天我想去图书馆, 中午不回来. 谢谢了! 我心领了.
    (오늘 저는 도서관에 가려고 합니다. 점심때 돌아오지 않아

요. 고맙습니다. 마음으로 받겠습니다.)

图书馆今天开吗? (도서관 오늘 여나요?)

开. (엽니다.)

昨天放鞭炮放(得)厉害吧.7 (어제 폭죽이 대단했지요?)

对. 真的放得很厉害. (그래요, 정말 대단했어요.)

길을 나서니 도로는 텅 비어 있고 어제 터뜨린 폭죽의 잔해가 어지럽게 널려 있었다. 그것을 치우느라 清潔員/청소부들이 바쁜 시기이다.

도서관은 한산했다. 1층 한편에는 외국어 만화 전시를 하고

---

7 정도보어 구문에 '得'를 넣어야 맞는데 구어에서는 간편하게 생략하는 수도 있다.

있었다. 열람실에도 사람이 거의 없었다. 서가에서 중국어 강의에 참고가 될 만한 책을 발견하여 필요한 부분을 복사했다. 스스로 하는 복사기도 있었는데 카드를 구입해야 하고 기계도 낯선 타입이라 사람이 해 주는 복사실에 맡겼다. 책값이 18위안인데 부분만 복사한 것의 복사비가 18.30위안이 나왔다. 복사기술은 아주 좋은 편이었는데 가격이 너무 비쌌다. 정기 간행물실에 가 보니 신문 코너에 100여 종은 충분히 넘는 각종 신문이 구비되어 있어 감탄하였다. 상해 도서관은 북경 도서관 다음으로 큰 규모의 도서관이다. 그래서인지 시설들이 다 잘 갖추어져 있었다. 데스크톱 컴퓨터를 할 수 있는 곳도 있고 또 한 곳에는 노트북을 가져온 사람들이 꽂아서 할 수 있는 시설도 있었다. 고서목록을 컴퓨터로 검색해 보았다. Microsoft pinyin 한어병음을 입력해도 검색이 잘 되었다. 상해 도서관의 모형도가 보여 사진을 한 장 찍었는데 오른편의 높은 건물은 올라가는 통로도 안 보이고 무엇인지 몰라 안내데스크에 그 높은 건물은 무엇이냐고 물었더니 閱覽室/열람실이라고 대답했다.

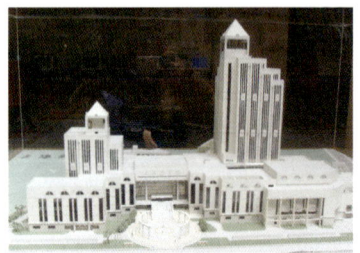

12시 조금 전에 지하에 있는 식당으로 가 보았다. 우선 押金/보증금 10위안을 내고 메뉴를 주문하면 카드를 준다. 紅燒大排面  이 7위안인데 그것이 입력된 카드를 가지고 가서 배식구의 기계에 대었다. 종업원은 손에 위생 비닐장갑을 끼지 않고 국수를 덜어서 끓여 내주었다. 식당 안도 침침하고 청결하지 못해서 음식이 맛이 없게 느껴졌다. 카드를 반납하니 3위안을 거슬러 준다. 다시 도서관 위층으로 올라가 여기저기 기웃거리며 책들을 둘러보고 관심 가는 책은 서지사항을 기록해 두었다. 어딘가를 지날 때 얼핏 馬克思/마르크스 사상과 관련되는 잡지들이 죽 배열되어 있는데 표지가 대개 선정적인 여자나 남녀의 사진들이어서 이상하게 생각되었다. 중국의 청춘남녀들이 자유분방하게 애정표현을 하는 것이 공산주의에 위배되는 행위가 아닌 것처럼 표지만을 볼 때 마르크스 사상은 이성관계를 독려하는 것처럼 느껴졌다.

1층 로비에 ATM기가 있어서 시험 삼아 외환카드로 중국 돈 100위안을 출금해 보았는데 아무 이상 없이 잘 나왔다. 중국 돈은 100위안부터 찾을 수가 있다. 출국하기 전 외환은행에서 카드를 만들며 상해에서 현금서비스를 받을 수 있느냐고 물었는데 건성으로 된다고 해서 좀 불안했는데 정말 잘 되었다. 혹시 큰 돈 필요한 일이 있을 때를 대비해 두어야 하기 때문이다.

로비의 음료 코너에 가서 또 우유를 주문했더니

牛奶只有鮮奶. (우유는 생우유밖에 없어요.)

라고 한다. 小杯/작은 잔 가격이 7위안이다. 상해 사람은 이런 식인 듯하다. 맨 처음엔 白奶 2위안짜리를 마셨었는데 그 다음엔 3위안 하는 牛奶만 있다고 하더니 또 음력설인 오늘은 鮮奶만 있다고 하여 조금이라도 비싼 것을 팔려고 한다. 창가에 앉아서 열대나무와 공자상을 바라보면서 따뜻한 우유를 마시니 점심 지하식당에서 느꼈던 침침한 기분이 조금 나아지긴 했다. 좀 쉬었다가 淮海中路를 걸어서 孫中山故居로 향해 갔다. 도중의 상점은 문을 닫은 곳이 많았고 붉은 중국매듭(中國結)으로 장식한 상점도 눈에 띄었다. 孫中山故居는 비슷비슷하게 생긴 유럽풍 주택가의 한편에 있는데 입장료는 20위안이었다. 관람객들은 서양인이 많은 편이었고 그리 북적대지는 않았다.

孫中山은 봉건통치제도를 타파하고 중국을 빈곤과 외세의 침략에서 구하려 한 공화제의 최초의 대통령으로 미국박사 출신이고 宋慶齡이 두 번째 부인이다. 서양 책을 많이 읽었고 러시아 10월 혁명의 영향을 받아 신해혁명을 일으켰다. 민족·민생·민주를 내세우는 三民主義/삼민주의 사상이 유명하다. 1912년에는 변발을 개혁하였기에 그 당시 자른 변발이 전시되어 있는데 변발은 끝으로 갈수록 가는 모양으로 되어 있다. 남경에 3년 걸려 지은 그의 묘인 中山陵/중산릉이 있다. 유품과 사적들의 전시를 보고 나서 옆의 3층 저택을 구경했는데 김구 선생 유적지를 구경할 때처럼 신발 위에 비닐을 덧신고 구경해야 했다. 침실, 서재, 식당, 접객실 등으로 구성되어 있었는데 대부분의 방은 벽난로가 있는 구조였다. 앞마당의 정원은 자그마한 정원인데 그중 큰 나무 한 그루는 孫文이 직접 심은 것이라 했다. 孫文이 살았던 곳을 宋慶齡이 국민당정부에 헌납하여 기념관으로 만든 것이라 한다. 나오면서 기념품 판매점에서 기념엽서를 10위안에 샀다.

　淮海中路로 다시 걸어 나와 길을 걷는데 설이라 밖으로 나온 사람들로 길이 북적댔다. 백화점에 한번 들어가 보니 전날에는 5折/50%, 8折/20% 할인이던 것이 설이 시작된 오늘 언제 그랬냐는 듯이 일제히 3折/70%, 2折/80% 할인으로 바뀌었고 '滿300위안 減168위안/300위안 쓰면 168위안 할인'이라 써 붙인 점포도 많았다. 상해 사람들이 기민하게 영업전략을 구사하는 것을 느낄 수가 있었다.

　저녁은 淮海中路의 한 茶餐廳에 들어가 먹었다. 중국인들이 年夜飯/그믐밤 음식으로 먹는 요리에 꼭 들어가는 생선을 시켰는데 어제저녁에 만든 요리인지 생선이 차가웠다. 생선과 오이볶음과 국과 밥 한 공기가 51위안이었다. 옆자리에는 서양 청년이 중국 아가씨와 마주 앉아 식사를 하고 있었다.

숙사에 돌아오니 조금 지나서 總台의 陳小姐가 만두와 탕을 들고 올라왔다. 그녀의 남편이 낮에 만두를 대접하겠다고 하더니 저녁에 갖다 준 것이다. 고맙다고 받기는 했지만 저녁을 먹고 온 길이라 만두를 두어 개 맛보고 닭고기 탕을 조금 맛보는 데 그쳤다. 만두도 맛이 별로였고 닭고기 탕은 말 그대로 닭을 삶은 탕으로 너무 느끼했다.

2월 8일_ 南京路 步行街 · 난징 루 보행가

아침은 心一代에서 大餛飩을 먹었다. 가는 길에 보니 상점
마다 春節의 휴일기간이 달랐다. 心一代에는 사람이 많았다.

你要吃什么? (무얼 드시겠습니까?)
大馄饨. (훈툰 큰 거요.)

주방에 대고 소리친다.
下一个大馄饨![8] (훈툰 큰 거 하나요!)

大餛飩을 먹는 동안 한국노래와 대만노래가 흘러나왔다.

---

8 이때의 '下'는 '下锅(안치다. 삶거나 익힌 것을 냄비에 넣다.)'의 뜻으로 쓰였다.

오전에 좀 공부를 하다 오늘은 上海大劇院/상해대극장에 가서 京劇/경극공연이 있으면 봐야겠다고 나섰다.

 지하철역까지 가면서 보니 음식점들이 문을 다 닫았다. 길을 좀 바꾸어서 가다 보니 00特色面이라고 간판을 내건 집이 열려 있어 들어가 보았다. 魚香肉絲拌面이 18위안이었는데 국을 따로 주었고 면은 맛이 좋았다. 그러나 나무 의자가 너무 차가워서 불만스러웠다.

上海大劇院은 人民廣場/인민광장에 있는데 京劇을 공연하지 않았다. 커다란 홀, 중간 홀, 작은 홀로 나뉘어 있는데 오케스트라 연주 같은 서양음악 연주 프로그램으로 가득 차 있고 작은 홀에 몇 개의 話劇/연극 프로그램이 보였다. 劇院/극장이라 京劇/경극이나 地方戲/지방극을 공연하는 줄 알았더니 완전히 예상이 빗나갔다. 오케스트라 연주 같은 것은 대부분 가격이 200－300위안이 넘는 비싼 가격이었다. 그리고 설 연휴라 공연이 없었다. 몇몇 사람들이 주변에서 특색 있는 이 공연장 건축물을 사진 찍기에 나도 기념으로 한 장 찍었다. 인민광장에서 가 볼 만한 곳은 박물관, 미술관, 大劇院 그리고 도시계획개발관인 것 같아서 上海城市開發計劃館/상해도시개발계획관으로 향했다. 입장료는 비싼 편으로 40위안이었다.

1층 로비 중앙에 東方明
珠타워를 중심으로 한 금빛
건축물이 솟아 있고 한편에
黃浦江 양안개발계획의 모
형도가 길게 전시되어 있었
다. 안내원에게 물었다.

里面可以照相吗? (안에서 사진 찍어도 됩니까?)

可以. (됩니다.)

　2층 3층은 모두 上海의 과거 역사를 현재까지 죽 전시해
놓았다. 명대의 상해도 그림으로 모습을 전하고 있고 특히 20
세기 초 열강의 租界시대였던 때의 사진이 많았다. 그 무렵
의 外灘은 영화 속에서 보던 모습과 비슷하다. 그림이나 사
진을 벽이나 바닥에 낮게 전시해 놓기도 했지만 입체적으로
세운 나무장의 사면으로 꽂힌 화판을 드르륵 한 개씩을 잡아
당겨 보고 도로 밀어 넣고 하는 방식으로 보게 진열한 것이
특이했다.

　3층과 4층 사이에 상해시 전체의 모형도가 커다란 전시실을 꽉 채우게 자리 잡고 있어서 여기저기서 사람들이 구경하며 사진을 찍었다. 북경처럼 紫禁城/자금성을 중심으로 네모 반듯하게 구획된 도시가 아니라 남북으로 黃浦江이 흐르고 황포강의 서쪽인 浦西가 본래의 상해로 특징적인 건축이 없으며 이전에 열강의 租界가 있었던 곳이고 그 강안이 外灘이다. 강 건너는 浦東으로 신시가지이며 東方明珠塔/동방명주타워가 자리 잡고 있고 고층건물이 많은 곳이다. 浦西의 중심부분에서 外灘으로 쭉 뻗은 길이 人民大道이고 黃浦江과 만나는 人民大道의 위쪽에 동서로 흐르는 작은 강이 蘇州河이다. 人民大道에 人民廣場이 있고 南京路도 그 부분에 있다. 4층에 있으려니 한 무리 서양 대학생 관광단을 이끌고 온 중국인 導游/가이드가 VIP칸막이 문을 열고 학생들을 인솔하고 들어가 아래로 내려다보이는 상해시의 모형을 레이저 펜으로 여기저기 가리키며 설명해 주었다. 그것을 엿듣고서 2010년 상해에서 열리는 世博/엑스포의 위치가 상해 남부 쪽인 걸 알았다. 남학생들은 모두 머플러를 목에 두르고 있었고 수가 적었으며 대다수를 차지하는 여학생들은 모두 바지에 운동화를 신은 차림이었다. 그들은 껌을 씹고 있는 학생들이 많았지만 비교적 열심히 들었다. 내가 자판기에서 오렌지주스 (3위안) 캔을 뽑아 와 의자에 앉아 마시며 쉬는 동안 가이드 가 그들을 데리고 나왔고 잠시 학생들이 바닥에 앉아 쉬며 가이드의 설명을 더 듣고 몇몇 여학생은 진지하게 질문을 했 다. 전시실을 더 둘러보니 상해 근처의 崇明島 섬을 개발하 려는 각국의 개발계획안이 전시되어 있었다.

설 연휴라 사람들이 많았는데 이때 南京路步行街를 인파 에 섞여 걸어 보는 것도 좋을 것 같아 南京路를 찾았다. 도 중에 三星의 新世界百貨/신세계백화점이 눈에 들어왔다. 인파 속에 문이 닫힌 교회를 배경으로 사진을 찍는 커플이 있어 나도 교회의 사진을 한 장 찍었다.

南京路步行街라고 팻말이 쓰인 길을 걷노라니 거슬러 올라오는 수많은 중국인 인파가 마주 보이는데 그들의 특징은 거무스름한 빛깔의 옷을 많이 입고 머리에 때가 낀 듯하고 얼굴빛도 검고 우리나라 옛 시골사람처럼 얼굴에 주름도 많은 편이어서 막 도시개발계획관에서 보고 나온 20세기 초 상해의 租界/조계시대의 중국인 노동자들을 실물로 다시 마주하는 느낌이었다. 물론 조금 업데이트된 감은 있지만 어딘가 그들은 절대권력의 치하에서 압제받는 노동자들로 설날을 맞이하여 한때의 조금 기쁜 휴가철을 보내는 하층민들처럼 보였다. 길가의 상점들은 오래된 건축도 섞여 있는지 繁體字/번체자 간판도 종종 눈에 띄었다. 한글간판의 한국요리집도 그 속에 섞여 있어 반가웠다.

　지하철 南京東路2호선 2번 출구가 보이기에 입구로 내려
갔다. 역사 안에는 지하철 표 자동판매기 앞에 사람들이 줄을
길게 서 있었다. 맨 오른쪽의 첫 번째 판매기가 고장 났기에
두 번째 줄로 줄을 바꾸었는데 자꾸 첫 번째 자판기에 갔다
가 안 되는 걸 알고 옆의 두 번째 자판기로 곧바로 새치기하
는 사람들이 많았다. 무질서의 현장이었다. 그래서 줄이 좀처
럼 줄어들지가 않았다. 내 뒤에 선 여자가 말했다.

　　好玩死了, 这样不是白排了吗? (웃겨 죽겠네, 이러면 줄 헛 선
　　　거 아니야?)
　　都是旁边插进来的. (모두 다 옆에서 끼어든 사람들이야.)
　　后面重新排队! (뒤에 다시 줄 서세요!)

겨우 표를 사서 지하철에 탑승하니 人民廣場역에서 또 우르르 다 내리다시피하고 조금 더 가서는 곧 자리가 나서 앉을 수 있었다. 상해의 지하철은 중심가가 아닌 곳은 좀 한산했다. 저녁을 먹으러 가는 길에 택시기사가 한산하고 약간 어둑어둑한 속에 택시를 세워 놓고 학교 담벼락에 소변을 보는 것을 목격했다. 021이 문을 열었기에 거기에서 地瓜粥、糯米鷄、南瓜餠을 먹었는데 南瓜餠은 기름에 튀긴 호박과 밀가루 반죽이었다. 폭죽소리는 여전히 밤을 이어 계속되었다.

2월 9일_ **豫園 · 위위앤 공원**

　설 연휴고 토요일이라서인지 숙소 안에서는 오늘 아침엔 청소를 미루고 시작하지 않고 있었다. 먼저 021에 들렀으나 손님이 없었고 테이블에 앉아 있던 두 명의 사복 차림 종업원이 내가 자리를 잡고 앉자 "没有营业!(영업 안 해요!)"라고 했다. 길 하나 더 걸어가 心一代에 가서 大馄饨을 먹었다.

　숙사에 돌아왔다가 나가려니 總台의 陳小姐가 물었다.

　　你去哪儿? (어디 가세요?)

　　我想去豫园. (예원에 가려고 합니다.)

　　我们常去豫园, 你坐127路车到终点站下车. (우린 자주 예원에 갑니다. 127번 버스를 타고 종점에서 내리세요.)

라고 친절하게 가르쳐 주었다. 종점에 도착하니 우선 豫園을 둘러싼 豫園商場이 보였다. 동서남북을 알 수 없게 남대문시장 같은 상점이 둘러서 있는데 지나다가 실크잠옷 3套(세 벌)에 100위안이라 하기에 가족들에게 선물하려고 샀다. 예전에 상해 패키지여행 왔을 때 가이드가 이곳에 데려와 마음대로 쇼핑하고 몇 시에 어디로 나와라 한 적이 있었는데 그때는 그래도 사람이 적어 위치를 기억하기가 쉬웠다. 지금은 너무 많은 사람들이 붐벼서 상점으로 둘러싸인 豫園 입구를 도저히 찾을 수가 없었다.

헤매다가 먼저 점심을 먹으려고 上海老飯店에 들어가니 3층으로 가라고 해서 엘리베이터를 타고 올라갔더니 사람들이

의자에서 앉아 자리가 나기를 대기하고 있었다. 갑자기 종업원과 손님 사이에 싸움이 붙어 큰소리로 싸우는 바람에 정신이 없어서 도로 나왔다. 인파를 헤치고 돌아다니는데 거의 사람들에 떠밀려 흘러가다가 小籠包를 파는 집을 발견했다. 그 집 안도 북새통이었다. 南翔蟹粉小籠(25위안) 三絲春卷, 雪碧/스프라이트(5위안)를 시켰으나 북새통이라 종업원이 三絲春卷은 계산에 빠트려 버렸다. "算了!(됐어요.)"라고 하고 그냥 두 가지만 먹기로 했다. 사람들 사이를 비집고 들어가다 어떻게 해야 할지 몰라 영수증을 보이며 종업원에게 물었다.

怎么办? (어떻게 합니까?)
先坐下. (우선 앉으세요.)

실내 구석진 곳에 한 청춘남녀가 있는 곳 옆에 겨우 자리가 나 그 테이블에 끼어 앉아 종업원이 지나갈 때 영수증을 주니까 조금 있다가 주문한 것을 가져다주었다. 옆으로 한 가족이 와서 또 자리를 바짝바짝 당겨 앉았는데 그 가족은 어른 네 명에 아이 한 명으로 한 부부는 아이가 없는지 데려오지 않았다. 그들이 먹는 만두는 크기도 크고 다양하고 맛있어 보였다. 사실 제일 비싼 메뉴를 시킨 것인데 작은 만두 9只/9개라 배부른 느낌도 없고 맛도 별로였다. 옆 가족 팀이 일어날 때를 기다려 재빨리 따라 일어나 나왔다. 중국의 백화점 세일 때 깔려 죽은 사람들이 있다는 뉴스를 들었는데 그

것을 실감할 수 있게 정말 사람에게 떠밀려 다녀야 할 만큼 인파가 넘치는 것이었다.

商場을 벗어나 豫園 입구를 찾으려고 빙빙 돌다 관리소를 발견해 입구에 들어가는 길을 물었으나 여전히 찾지 못해 다시 관리소로 돌아와 또 묻고 또 헤매다 商場의 한 통로에서 인파 속에 겨우 담장에 豫園이라 쓰인 자그마한 입구를 발견했다. 門票는 30위안이었다. 상해인들은 주로 豫園商場에 나와 쇼핑을 하고 小吃/간식을 먹을 뿐 豫園 정원 구경은 외국인 관광객이나 하는 것 같았다. 상해의 서커스장에서처럼 한국인、일본인、서양인、동남아인 등 각국 사람들이 보였다. 일본인은 주로 관광단으로 와서 가이드의 설명을 듣고 있었다. 여기저기서 한국 사람들의 목소리도 들렸다. 베이징의 故宮/고궁의 스케일에는 비교가 될 수 없게 작고 江南 私家/개인 정원 특유의 아기자기한 스타일로 된 정원이었다. 蘇州의 拙政園/졸정원보다 복잡하게 느껴졌지만 우아한 맛은 별로 느껴지지 않았다. 강남 사가 정원의 특징은 흰 벽과 회색 지붕、둥근 창、네모 창 너머로 보이는 아기자기한 풍경 등 섬세한 디자인이다. 특히 울퉁불퉁한 돌로 자그맣게 동산을 쌓아 놓은 것을 大假山이라고 하는데 곳곳에 그것이 배치되어 있다. 그러한 돌이 아치형으로 문처럼 되어 있기도 해 키가 큰 사람은 고개를 푹 숙이고 지나가야 한다. 한 정자 주위엔 물이 흐르고 정자 이름이 流觴亭/잔을 띄우는 정자라 되어 있는 곳도 있었는데 한국 여대생들이 거기를 배경으로 사진을 찍었다.

1999년 江澤民/강택민이 海上名園/바다 위의 뛰어난 정원이라고 쓴 돌 앞에서 기념사진을 찍는 사람들이

많았다. 이 豫園은 명대 조성된 것으로 세력 있는 관리 潘允端이 부모를 위해 꾸민 정원이라는데 연못과 기암괴석으로 이루어진 작은 동산, 서재, 접객실, 공연을 하던 戲臺/희대 등이 있는 화려한 개인정원으로 특히 담장 위에 용이 날아가는 모양이 조각되어 있는 것이 특징이다. 본래 용은 황실의 상징이었으므로 조정에서 이 용 문양에 반란의 뜻이 있나 의심을 품자 용의 발톱은 5개인데 이 짐승은 용과 비슷한 발톱이 3개인 짐승이라 해명하여 의심을 풀었다 한다.

　아기자기한 정원을 돌아다니다 보니 한 귀퉁이 담장 너머로 동방명주타워가 조금 보였다. 전통과 현대의 기묘한 공존이다. 기암괴석과 전통 누각이 거의 붙어 있는 모습은 특히 신기했다. 응접실은 매우 화려했고 잡극을 공연하던 戲臺까지 갖추어져 있어 당시에 부귀한 집의 생활상을 상상해 볼 수가 있다. 그러나 황가정원인 故宮에 비하면 스케일이 너무 작고 건물과 돌, 담장, 나무들이 너무 바짝바짝 붙어 있는 느낌이 들었다. 작은 규모 속에 최대한의 효과를 내려 한 경제적인 건축이라 하겠다.

　버스를 타고 돌아오면서 차창너머로 택시를 보게 되었는데 신기하게도 택시기사들이 거의 대부분 양복을 입고 넥타이를 맨 차림이었다. 상해에 도착한 날 저녁에 한 번 택시를 탄 후로 한 번도 택시를 타지 않았는데 상해의 택시기사들이 이렇게 직장에 출근한 사람들처럼 정장을 하고 있으리라곤 상상도 못 했다.

　저녁은 021에서 地瓜粥、糯米鷄、鮮蝦水晶包를 먹었다. TV에서는 군대드라마인 '炊事班的故事(취사반이야기)'를 하고 있었는데 집으로 못 간 사병이 부모에게 잘 지내고 있다고 "请爸爸妈妈放心.(엄마 아빠 걱정하지 마세요.)" 하며 인사를 했다. 뚱뚱한 취사반 반장이 무거운 것을 나르다 허리가 삐끗한 것(腰閃了)을 두고 사병이 과장되게 그 희생정신을 시로

읊고 하는 코미디풍의 군대드라마이다. 한 문화프로에선 진행자가 중국인 여자와 서양인 남자인 경우도 있었다. 칼, 막대기 등을 사용한 少林寺/소림사의 武術表演무술공연도 볼만했다. 京劇도 약식으로 한 명만 분장하고 나머지는 맨 얼굴로 공연하기도 했다. 어떤 프로에서 30대 사회자가 20대 출연자들을 보고 '小姑娘, 小朋友们'이라고 호칭한 것은 우리말로 볼 때 '아가씨와 청년들'이라고 부른 것으로 보였다.

2월 10일_ 新天地 • 신천지

    아침은 心一代로 가서 大餛飩을 먹었다. 가는 길에 보니 길가 공터에서 춤추고 있는 사람들이 보였다. 길에는 어젯밤의 폭죽잔해가 남아 있었다. 돌아오는 길에는 은행 밖에 줄지어 선 사람들이 보였는데 이때가 8시 30분이었고 은행 개장 시간은 9시부터라고 쓰여 있었다. 그 옆의 우체국은 더 일찍 문을 열어 7시 30분부터라고 쓰여 있었다. 북경대 교수에게 내가 쓴 책을 부쳐 보내려고 우체국에 들어가서 寄包裹/소포 코너에서 포장박스를 가리키며 물었다.

    寄书要用那个包装吗? (책 부치는 데 저 포장을 써야 합니까?)
    不用. 信封.9 (아니요. 편지봉투를 쓰세요.)

하고 서류봉투를 내주면서 "六毛. (60전입니다.)"라고 했다.

숙사에 돌아와서 서류봉투에 책을 넣고 주소를 썼다.

좀 공부를 하다 점심 먹으러 나가는 길에 다시 우체국에 들렀더니 내게 물었다.

这个怎么寄? 平信吗?[10] (이거 어떻게 부칠 겁니까? 보통 우편 으로요?)

挂号信. (등기로요.)

这个信封这里买的吗? 付过钱吗?[11] (이 서류봉투는 여기에서 산 건가요? 돈을 냈습니까?)

付过钱.[12] (돈 냈어요.)

북경까지의 등기우편 값은 19위안이었다.

---

9 이 표현은 정식으로 말하면 '不, 请用信封.'으로 하는 것이 옳겠지만 그 사람은 간단 하게 이렇게 표현했다.

10 '平信吗?'는 '就是普通邮寄吗?'(보통 우편인가요?)로 물을 수도 있다.

11 '付过钱吗?'는 '付了钱的吗?'(돈 낸 것인가요?)로 물을 수도 있다.

12 '付过钱.'이란 대답도 '付过了.'(냈어요.)로 답할 수 있는데 물음에 맞추어 대답한 것이다.

점심은 역시 心一代로 가
서 擔擔面과 飯團(5위안)을
시켰는데 飯團은 밥을 가래
떡처럼 길게 말아 랩으로
싼 것으로 밥 안에 바삭바

삭한 튀긴 밀가루 같은 것이 들어 있었는데 절은 기름 냄새
가 났다. 싱겁고 별 맛이 없었다. 숙사로 돌아와 좀 쉬다가
오늘은 新天地에 가 봐야겠다고 작정했다. 지도를 보니 지난
번 東台路 古玩市場을 갈 때 내렸던 黃陂南路역으로 가서
馬當路를 찾으면 되었다.

黃陂南路站의 3번 출구로 나가 처음엔 좀 헤매었다. 新天
地로 보이는 곳이 나타나지 않고 石庫門 건축이 줄지어 있는
곳만 보였다. 한 집의 문이 열려 있어 그 안을 사진으로 찍었
다. 지나가는 행인에게 물어 다시 거슬러 올라와 겨우 新天
地를 찾았다. 무슨 특별한 입구를 알리는 표지가 안 보였고
20세기 20년대 유럽풍의 잔잔한 벽돌 건축들 틈에 원통형의
新天地를 알리는 지도가 그려진 안내판이 서 있을 뿐이었다.
新天地는 20세기의 석고문 위주의 구시가지를 활력 넘치는
현대유행의 첨단 지역으로 2001년 리모델링한 것으로 일종의
Mall이다. 상해가 국제적 대도시가 되어 가면서 외국인 관광
객들과 부유한 상해인들의 쇼핑、오락단지로 개발한 것이다.

　　도로변의 건축들의 입구엔 사람이 없어 보였는데 조금 들어가서 건축들 사이로 난 길로 들어서니 또 설을 맞아 나온 중국인들이 북새통까지는 아니어도 제법 붐비고 있었다. 밖에 테이블을 내놓은 서양식 카페나 레스토랑에는 영어로 쓰인 음료 가격이 55－60위안 정도였으므로 가게에 들어가 무얼 먹는 사람은 없었다. 건물 안은 옷 가게、기념품 가게 등이 었고 규모가 크지 않은 한 백화점식 건물에는 옷 가게、신발 가게 등과 함께 위층에는 영화관이 있었다. 영화관은 전광판으로 상영 중인 영화를 안내하고 있었는데 周杰倫이 나오는 賀歲片/신년영화 大灌籃/쿵후덩크가 50위안으로 비교적 저렴한 가격이었고 기타 80위안까지 하는 영화가 있었다. 혼자 영화 볼 마음이 들지 않아 그냥 나왔다. 중국인들은 유럽풍 거리인 신천지 건물들을 배경으로 곳곳에서 사진을 찍고 있었다. 한편에 쥐띠 해를 맞이한 쥐의 조형물이 있었는데 그곳에서 특히 많이 찍었다. 석고문 건물 사이사이를 다니다 보면 좁은 샛길들이 있는데 그런 곳에는 다니는 사람이 적었고 가끔 서양 사람들이 걸어 나올 뿐이었다. 지하철을 타고 돌아올 때 黃陂南路站의 열차에 屛蔽門/보호문이 있는 것을 보았다.

숙사에 돌아와 전기장판에 누워 좀 쉬었는데 일어나니 컨디션이 안 좋은 느낌이었다. 그래도 저녁을 먹기 위해 밖으로 나섰다. 이제 늘 가던 음식점에 가는 빈도수를 줄이고 새 음식점을 개척할까 싶어 예전에 제자가 안내했던 돈가스를 팔던 永和大王으로 가 보았다. 그때는 새로 개업하고 사람이 없었는데 지금은 좀 장사가 되는 모양이었다. 벽면에 그림과 함께 써 붙인 메뉴를 보니 香辣鷄柳飯套餐이 16위안이었다. 套餐이 아닌 그냥 香辣鷄柳飯도 13위안이라 되어 있었는데 아무래도 套餐이 적당할 것 같았다. 영수증을 배식구에 주고 자리를 잡고 앉았더니 조금 걸려서 닭고기와 야채와 계란 프라이를 얹은 밥과 한 조각 두부반찬과 豆漿/콩국물 한 컵을 가지고 왔다. 밥을 비비고 있는데 카운터에서 돈을 받았던 남자가 옆으로 와서 갑자기 뭐라고 말을 했다. 내가 눈을 크게 뜨고 쳐다보니

> 我问你是不是合你的胃口. (저는 당신의 입맛에 맞는지를 묻는
>   겁니다.)
> 我还没吃呢. (아직 안 먹었는데요.)

요리를 주문할 때 요리 이름이 낯설어 발음이 좀 떠듬거렸기 때문에 외국인임을 알고 입맛에 맞는지 묻는 것 같았다. 밥은 그런대로 맛이 있었고 무엇보다 큰 컵 가득 내온 따뜻한 豆漿을 국처럼 마시며 먹을 수 있어 좋았다. 젓가락 포장지에

전화번호가 쓰인 것을 보니 중국 내 연쇄점이 北京、上海、武漢、深圳、杭州 다섯 곳에 있었다.

오늘도 저녁 9시도 안

되어 또 폭죽이 터지기 시작했다. 11시가 되어도 폭죽은 더욱 시끄럽게 터질 뿐이었다. 오늘은 일요일이고 중국식으로 하면 大年 初四/새해 초사흘인데 유달리 심하게 폭죽을 터뜨리는 느낌이었다. 잠이 안 와서 奶茶를 타 마시고 다시 잠을 청했다. 푸드덕 푸드덕 쾅 쾅 하는 폭죽소리가 마치 폭풍소리 같았다. 잠결에도 계속 폭죽소리가 들렸으니 밤새워 폭죽을 터뜨리는 것 같았다.

2월 11일_ **魯迅公園 · 루쉰 공원**

아침은 心一代에 가서 大餛飩을 먹었다. 가는 길에 보니 새해 들어 처음 가게 문을 열면서 폭죽을 터뜨리는 집들이 있었다. 그 경우의 폭죽은 대통같이 생긴 20센티미터 정도의 원통형 폭죽을 길에 세워 두고 불을 붙여 터뜨린다. 그러면 쾅 소리가 나면서 불이 타들어 간다. 이렇게 큰 소음을 내고 길가에 연기와 폭죽잔해를 남기는 것이 음력설의 당연한 풍습이기에 아무도 무어라 하는 사람이 없고 清潔員/청소부는 열심히 폭죽의 잔해를 치운다. 숙사에 돌아와 좀 공부를 하다 오늘은 지하철로 한 번에 갈 수 있는 魯迅公園을 가 보기로 작정했다. 점심은 지하철 타러 가는 길에 00特色面집에서 먹었는데 사람이 바글바글해서 자리가 없어 종업원에게 물었다.

我在哪儿坐? (어디에 앉나요?)

等一下, 给你安排座位. (좀 기다리세요, 당신 자리를 마련해 주겠습니다.)

겨우 구석자리에 끼어 앉아 紅燒牛腩面을 18위안에 먹었다. 노부부가 나이 든 아들 하나와 옆자리에서 식사하다가 내가 일어서려니 뚱뚱한 그 집 아들이 친절하게 자리를 비켜 주었다.

魯迅공원은 지하철역 바로 옆에 있어서 찾기가 쉬웠다. 공원에는 호수가 있고 정자도 있고 화단이 가꾸어져 있었는데 호숫가에는 유람선을 타는 승선장이 있었다. 공원이어도 공기가 그다지 깨끗하지 않아 풀들은 먼지가 누렇게 앉아 있었다. 그래도 중국인들은 줄기차게 화초에다가 다양한 문구로 자연을 보호하자는 팻말을 세워 놓는다. 그 문구들은 상당히 수준이 있는데 중국의 생활경제수준과 대중들의 의식수준이 그에 상응하지를 못한다. 중국어 교재 책에서 본 것과 같은 풍경으로 공원에 한 무리 사람들이 모여 앉아 한 사람은 二胡를 무릎에 세우고 연주하고 한 사람은 마이크를 잡고 唱/창을 하고 있었다. 사람들이 많이 나와 노는 유서 깊은 공원이란 느낌이 들었다.

사람들이 북적대는 곳을 지나다 보니 공원 안에 여행사가 있었다. 黃山여행이 눈사태로 해서 못 가게 될 확률이 높아서 南京을 갈까 생각 중이었기에 여행사로 불쑥 들어갔다. 豪華南京旅行/호화난징여행이란 1박 2일 상품이 460위안인데 혼자 방을 쓰는 바람에 補房費 60위안을 더 내고 보험 5위안을 보태 525위안으로 하고 100위안을 선납했다. 14일·15일 양일간 가는 것으로 하고 14일 새벽 5시 반에 숙소로 데리러 오는 것으로 했다. 내가 黃山에 못 가는 것을 한탄했더니 "黃山可以去呀.(황산 갈 수 있어요.)"라고 하더니 어디에 전화를 해 보고는 역시 눈 때문에 요 며칠 내로는 안 된다고 했다. 내친 김에 그들이 권하는 상해 1일 근교여행 상품 중에서 제자가 말한 적이 있었던 周庄상품을 선택하여 내일 당장 가기로 하였다. 周庄상품은 110위안이었다. 上海書城 갈 때 들렀던 여행사와는 이제 인연이 없게 되었고 얼결에 들른 여행사에서 중요한 걸 다 결정해 버렸다. 그냥 돈만 내는 게 아니라 '簽合同/계약서를 써야' 했다. 숙소에 전화가 없고 휴대폰도 없고 인터넷만 된다고 하니 e-mail이라도 쓰라고 했다. 숙소에 전화가 없는 것이 이상하다며 房卡를 보여 달라기에 나도 이번 여행에서 처음 써 보는 방 호수가 적힌 카드가 달린 구식 열쇠를 보여 주었다. 또 휴대폰이 없는 것에 많이 실망한 것 같지만 그래도 계약을 해서 계약서와 名片/명함을 받아 들고 나왔다.

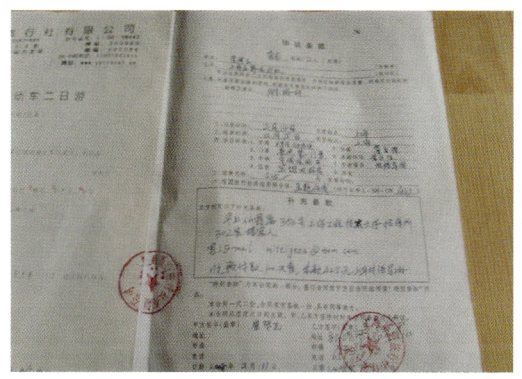

魯迅故居/루쉰 집에 가 보고 싶었으나 공원에서 멀리 떨어져 있다고 하기에 공원 내의 魯迅紀念館/루쉰기념관으로 발길을 향했다. 입장료는 8위안이었다. 실내에서는 사진을 못 찍게 했다. 1층에 문화 관련 전시실이 있고 2층은 노신의 사적이 전시되어 있는데 청년들과 둘러 앉아 담화를 나누는 모습이 실물 크기의 모형으로 만들어져 전시되어 있었다. 본래 의사가 되려고 했다가 중국인의 정신을 고치는 것이 더 급하다고 생각하여 문학으로 전향한 중국현대문학의 대표적 작가로 유명하다. 전시실을 나올 때에는 그가 번역한 수많은 책과 저서들이 벽면 가득 액자 걸어 놓듯 붙여 놓은 곳을 지나왔는데 정말 많은 저작활동을 했음을 실감했다. 이 노신 기념관은 중화인민공화국의 첫 번째 인물기념관이라 하니 중국인의 정신을 개조하려 했던 노신에 대한 관심을 알 수 있다. 기념관을 나와 조금 걷다 보니 한쪽에서 太極拳/태극권을 단련하고 있는 사람들이 보여 한참 서서 동영상으로 찍었다.

　숙사에 돌아와 좀 쉰 뒤 저녁을 먹으러 어제의 永和大王집으로 갔다.

黑椒牛柳饭套餐. (후추 소고기 밥 세트요)
要不要吃小笼? (작은 만두 드실 건가요?)
是免费给的吗? (공짜로 주는 것인가요?)

不是. (아니요.)
不要. (필요 없어요.)

　역시나 하나라도 더 팔려고 주문한 것 외에 추가로 더 주문을 받으려고 하는 것이다. 黑椒牛柳飯套餐은 역시 16위안인데 어제 닭고기밥보다 더 맛이 좋았다. 식후 든든한 느낌이 들었다. 식당을 나설 때 종업원이 인사했다.

谢谢光临, 慢走! (와 주셔서 고맙습니다, 안녕히 가세요.)

　숙사로 돌아가는 길에 저 멀리 폭죽 터지는 소리가 들려 사진을 찍고 싶었으나 건물에 가려 잘 찍지 못했다.

2월 12일_ 周庄 • 조우주앙

숙사로 아침 7시나 7시 10분경 온다던 包車/대절차가 계속

오지 않아 수위실의 전화를 이용해 보려 했으나 전화가 없다

고 교문 앞의 동전 넣는 전화기를 사용하라고 한다. 기사는 전화를 받자 화를 내며 꼼짝 말고 교문 앞에 서 있으라고 한다. 분명 봉고차 같은 것이 학교 앞을 지나가지 않았는데 아까 지나가면서 나를 못 보았다는 것이다. 30분을 떨며 기다리자니 숙소를 청소해 주는 아주머니가 출근하러 나온다. 아주머니한테 불평을 한 후 조금 더 기다려서야 봉고차 한 대가 내 앞에 섰다. 나를 태운 뒤 또 누군가를 픽업하는 듯했다. 전화로 "旁边有什么标志性的建筑? (옆에 무슨 특별한 건물 있나요?)" 라고 물었다.

仙霞路의 한 유럽풍 저층 아파트 단지에 정차해서 일가족을 태웠는데 아이가 2명이더니 가이드와 대화하는 걸 들으니 역시나 대만인이었다. 아침에 머리를 감은 후 드라이를 했지만 추운데 떨고 또 차 안도 난방이 덜 되어 추우니 참기가 어려웠다. "还要接几个人 (아직 더 몇 사람 태워야 해요.)" 하면서 다시 또 한 곳에서 기다리고 있던 일가족을 태우고 조금 가다 周庄 갈 사람은 내리라고 해서 황급히 내렸더니 승용차 한 대가 기다리고 있다가 나를 향해 뒷좌석을 가리킨다. 나 혼자 승용차 뒷좌석에 타고 가면서 기사보고 말했다.

车里面太冷. (차 안이 너무 추워요.)

승용차 안도 역시 옆구리가 시리게 추웠기 때문이다.

기사와 대화를 하면서 동방명주가 보이는 시내 근처로 가다 무슨 賓館/호텔 앞에서 내려 주고 앞에 서 있는 큰 버스로 바꿔 타라고 했다.

그 버스는 역시 호텔의 손님들을 픽업하고 있었는데 거기에서 나도 합류한 것이다. 버스 안에 올라타니 머리를 빡빡 민 서양 청년 두 명이 눈에 띄었다. 좌석은 만원이었고 꼬마 2명을 합해 이십여 명 남짓한 인원이었다. 가이드는 앳된 청년이었는데 멋을 낸 것인지 파카 안에 가슴이 푹 파인 티셔츠를 입고 있어 추울 듯했다. 버스의 앞쪽에 걸터앉아 가끔씩 설명을 하고 또 가끔은 고개를 파묻고 조는 듯했다. 1시간 30분쯤 걸려 周庄 근처에 도착했다. 上海大觀園/상해 대관원을 지나 다리를 건너면서 말했다.

这边是上海, 那边是江苏. (이쪽은 상해고 저쪽은 강소성입니다.)

즉 우리가 가는 周庄은 上海를 지나 江蘇省에 있는 것이다. 周庄에 도착하자 먼저 衛生間/화장실을 다녀오라고 하고 마치 에버랜드 같은 데에서처럼 한 명씩 의자에 앉으라 하고 흑백사진을 찍었는데 나중에 門票를 받으니 뒷면에 방금 찍은 사진이 인쇄되어 있었다. 門票는 여행비에 포함된 것이지만 액면가가 100위안이었다.

周庄은 1086년에 건설된 水鄕/어촌으로 상해, 소주, 항주 사이에 자리 잡고 있으며 강줄기를 따라 가옥들이 늘어서 지척으로 왕래할 수 있는 마을이다. 강 양쪽을 연결하는 작은 다리, 강줄기, 인가 등으로 구성되어 있는데 인가는 중요한 곳은 전시실로, 기타 강변의 작은 집들은 기념품 판매점으로 구성되어 있다. 명청시대의 건축양식을 보존하고 있고 천 년의 오랜 역사와 吳나라 지방의 문화를 보존하고 있는 강남의 전형적인 水鄕의 대표이다.

상해인들은 하루 코스의 여행으로 이런 곳으로 나와 이색적인 水鄕에서 전시실을 구경하고 기념품을 사고 뱃사공이 부르는 민요를 들으며 좁은 강물을 배를 타고 노닐어 보는 것이다. 전시는 주로 張廳과 沈廳 위주로 그 마을에서 부유했던 두 집안의 거실과 정원, 부엌 그리고 종복들이 살았던 누추한 집들까지 구경하는 것이었다.

沈廳은 沈萬三의 집이다. 沈萬三은 元末明初의 부자로 朱元章이 南京에 도읍할 때 도성의 3분지 1을 지어 주었다고 한다. 그가 부자가 된 데에는 여러 배경이 있지만 그중 하나는 周庄을 상품 무역과 유통의 기지로 삼아 국내에는 운하를 통해 해외는 바다를 통해 무역을 펼친 데 있다고 한다. 그가 부자인 것을 朱元章조차 시샘하여 雲南지방으로 병역을 담당하러 보냈다 한다.

萬三蹄라는 음식은 沈萬三이 귀빈을 대접했던 음식으로 돼지 족발을 조미를 가해 원형이 유지되게 하루 동안 뭉근한 불로 고아 만든 것인데 周庄의 특식으로 신년이나 결혼 등의 음식으로 쓰이며 團圓/단원의 의미가 있다고 한다. 그 萬三蹄를 진공 포장하여 큰 것과 작은 것으로 나누어 파는데 중국인들은 많이들 샀지만 서양 청년 두 명과 나는 낙숫물 떨어지는 처마 아래 서서 그냥 그들이 사는 것을 구경만 했다.

　오전 나절에 중요한 구경은 다 끝났기 때문에 점심을 먹게
되었다. 가이드는 먼저 들어왔던 입구 근처의 古戲台酒樓에
로 우리를 인솔해 가 각자 알아서 식사를 하라고 했다. 한국
에서 중국으로 패키지여행을 오면 가이드가 항상 좌석을 배
정해 주고 여행객들은 대체로 그 배정에 따라 합석해서 음식
을 먹는데 여기서는 그렇지가 않았다. 가족이나 친한 사람들
끼리 테이블을 잡고 앉으니 나는 혼자라서 끼일 데가 없어서
가이드에게 나는 어디에 앉느냐고 물었더니 빈 테이블을 따
로 잡아 주더니 앉으라고 하고 자기가 직접 주문을 받는다.
중국인들은 방금 산 萬三蹄를 풀어 놓고 다른 요리를 곁들여
조금 시켜 먹는 듯했다.

　간단한 면만 먹고 싶었지만 주인이 면은 안 된다고 해서

할 수 없이 요리를 시켰다. 30위안 하는 생선요리 하나는 지
금 안 된다고 해서 다음과 같이 시켰다.

阿婆菜 10위안
红烧三味圆 25위안
紫菜鸡蛋汤 10위안
米饭 4위안

红烧三味圆은 红烧자가 들어가서 红烧牛肉인 줄 알았으
나 그것과 외형만 비슷하게 불그스름한 둥글둥글한 밀가루
완자 같은 것이었다. 김과 계란을 섞은 탕에서 계란만 뺀다면
절 음식과 같은 素食인 셈이다. 이런 식단은 나중에 생각하
니 오후에 절에 가게 되는 것을 미리 예고한 모양이다.

가이드는 식사 후 자유로이 구경하고 2시에 다시 이 식당
에서 모이라고 말했다. 강의 배를 타는 것은 혼자 타나 여럿
이 타나 1인당 8위안이라고 했다. 입구께의 위치를 알아 두고
강을 따라 걸으며 아까 구경한 張廳、沈廳을 스쳐 지나 길
가에 즐비한 기념품 가게들을 둘러보았다. 貝殼/조개껍질에
색칠을 해서 만든 목걸이 세 개를 60위안에 샀다. 그리고 한
조그만 기념품점에서는 어렸을 때 사용했던 등잔의 자그만
모형을 팔고 있기에 古色燈이라고 이름 붙인 초록색 등잔을
하나 샀다. 진짜로 불을 붙일 수 있다고 했다. 돌아다니다 보
니 박물관도 있어서 어촌의 생활용품과 도구 등을 전시한 것
을 구경했다. 사람들이 북적대는 속에 어느 가이드가 이야기

하는 것을 엿들었는데 강의 이쪽과 저쪽의 마을 사람이 결혼을 하면 다리를 놓고 왕래를 하게 된다는 것이다. 중심 강줄기에 네 개의 다리가 있고 또 샛길에도 몇몇 개의 다리가 놓여 있다. 전체가 江蘇省의 전형적인 마을이다. 시간이 조금 남은 상태에서 富貴園이란 팻말이 있어 가 보았는데 입장료가 100위안이어서 포기했다. 그 앞에서 파는 엿을 샀는데 나중에 먹어 보니 곰팡이 슨 것 같은 느낌이고 너무 맛이 없었다.

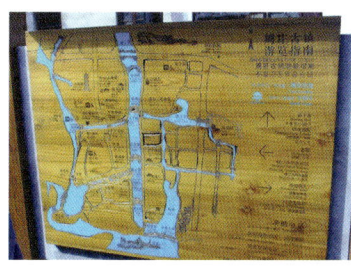

2시 정각에 딱 맞게 酒樓께에 도착했다. 서양 청년 두 명은 두루마리 족자를 샀는지 두루마리를 어깨에 총대 메듯이 메고 있었다. 아이 둘을 데리고 온 부부는 분명 대만 사람일 듯했다. 다 모인 다음 다시 버스를 타고 근처의 張陵公園엘

간다고 했다. 공원 앞에서 버스가 정차하고 가이드가 내리라고 하는데 서양 청년 두 명은 "我们不去.(우린 안 가요.)" 하면서 내리지 않았다.

공원에서는 공원 가이드의 공원 경치에 대한 설명이 있었는데 그보다 주된 목적은 관광객을 절로 데리고 가는 것이었다. 절에 가자 가이드는 표정을 엄숙하게 하고는 산만한 관광객에게는 야단까지 쳤다. 우선 절 안 입구에서 抽簽/점괘 뽑기를 한 다음 그에 맞는 운세가 쓰인 부적을 받고 그 부적을 들고 도열해 있는 너댓 분 스님 앞으로 가는 것이다.

우리 관광객의 뒤를 따라 나도 어느 스님 앞에 줄을 섰는데 내 앞의 우리 팀 관광객은 친정어머니와 딸과 사위로 보였다. 그 셋이 내민 운세가 쓰인 부적을 들고 머리에 밤색 털 모자를 쓴 스님은 뭐라 뭐라 설명과 당부의 말을 하였고 그 후 그 가족은 향을 사르러 갔다. 나도 그들처럼 그 스님에게 잠시 운세에 대한 설명을 듣고 그들 뒤를 따라 향을 사르러 갔더니 향의 크기가 엄청 컸다. 부처님의 앉은키가 130센티미터이니 그 키만 한 걸 사서 사르라는 것이다. 내 앞의 가족 팀은 주저 없이 180위안을 내서 130센티미터 향을 샀다. 80센티미터 향은 60위안이라기에 나는 그것을 샀다. 그것도 만만찮게 큰 향이다. 향 끝에는 기름을 발라 놓아서 불이 잘 붙었다. 향을 사른 후 다시 스님 앞으로 가서 또 얘기를 듣고 하라는 대로 하는 것인데 내 머리에 손을 대고 소원을 빌라고 하기에 속으로 '가족들 건강하고 짜증나는 일이 없게 하소서.' 했는데 또 쪽지를 주며 가서 吉祥物을 사라고 했다. 뭐 몇십 위안 하는 吉祥物이라면 혹시 선물거리로 살 수도 있겠지만 이미 60위안짜리 향을 사른 뒤에 法物流通으로 길상물을 사러 가 보니 엄청 고가의 불교 관련 동물 조각품들이 유리 안에 전시되어 있었다. 그래서 금방 짜증이 나서 "我不信佛教, 不想买!(전 불교를 믿지 않아요. 사고 싶지 않아요.)" 하니 쪽지를 뺏어 구기며 "那不要买!(그럼 사지 마세요.)" 하고 대꾸했다. 이럴 줄을 알고 서양 청년들은 공원에 들어오지 않았나 싶었다. 오늘 일정은 이렇게 끝나고 버스는 우리를 상해로 데려가 人民廣場/인민광장에서 대부분의 사람이 내렸다.

2월 13일_ **太平洋百貨(1)** • **태평양백화점(1)**

　　중국의 음력설은 공식 휴가가 7일이어서 TV에서는 "今天是春节黄金周的最后一天.(오늘은 음력설 황금연휴의 마지막 날입니다.)"이라고 하였고 아침을 먹으러 가는 길에 보니 차량의 통행이 잦아졌다. 心一代에 가서 大餛飩(8위안)을 시켰는데 종업원이 동전을 거슬러 준다는 게 튀어서 땅바닥에 떨어졌다. 가뜩이나 경제적으로 긴축 생활하려고 애쓰는데 나를 무시하고 동전을 던지듯이 준 것 같아 기분이 나빴다. 종업원은 물론 급하게 "不好意思!(미안합니다.)"라고 해 주었지만 왠지 상해 사람들의 오만함이 느껴졌다. 순간적이나마 언뜻 내가 도스토예프스키의 ≪가난한 사람들≫속의 떨어진 단추를 줍는 인물인 것처럼 느껴졌다. 내일모레 여행을 다녀오다 보면

20일 출국하기 전에 비행기 표 예약을 재확인하는 것이 불안 정해질까 봐 中國南方航空의 비행기 티켓을 들고 電話亭/전화 부스로 가서 전화를 걸었다. 114에 南方航空 전화번호를 묻는데 人工服務/인공서비스를 하고 있어 기계음이 가르쳐 준 번호로 전화를 해도 계속 다른 곳이 나왔다. 안내양과 직접 연결이 되었을 때 화를 내며 가르쳐 준 전화번호가 자꾸 다른 곳이 나온다고 따졌다. 지레짐작으로 전화번호는 많은 자릿수라는 고정관념에서 95539를 955539로 했더니 안 되는 것이다.

> 到底是几个五? (도대체 5가 몇 개인가요?)
> 两个五. (두 개입니다.)

服務熱線/서비스핫라인이라서 전화번호가 자릿수가 적은 것이었다.

남방항공 服務熱線에 연결이 되어서 "我要确认机位. (비행기 좌석을 예약하려고 합니다.)"라고 말했다. 이번에는 예전과 달리 비행기 표의 아래의 숫자를 읽으라는 말이 없이 이름과 출국 날짜만을 묻고는 예약이 확정되었다고 한다. "不用再确认吗? 直接去机场可以吗? (다시 확인할 필요 없나요? 곧바로 비행장에 가도 됩니까?)"라고 확인을 하고 전화를 끊었다.

전화 부스에서 또 한 군데 더 전화를 했다. 武漢大學 교수의 책을 번역한 게 있어 1년 전에 출판사로 그 책을 출간해도 되느냐고 물었더니 출간된 지 10년이 지나 판권이 저자에게 있는데 지자에게 연락해서 나한테 메일을 보내라고 하겠다고 하더니 소식이 없었다. 인터넷을 통해 저자가 武漢大學에 있는 걸 알고 편지를 보냈었지만 또 소식이 없었다. 그래서 상해에 온 김에 시간 많을 때 저자에게 다시 연락을 해볼 생각이 들었다. 114에 武漢大學의 전화번호를 물어 武漢大學 文學院/인문대학에 연락을 해서 저자의 집 전화를 알아내었다.

喂, 您好! (여보세요, 안녕하세요?)

你好! (안녕하세요.)

我找杨鹤鸣教授. 杨鹤鸣教授在不在? (양허밍 교수를 찾습니다. 양허밍 교수 계십니까?)

他散步去了. 过一会儿回来. (그는 산보하러 갔습니다. 좀 있으면 돌아옵니다.)

那我中午再打电话给他, 好吗? (그럼 제가 점심때 그에게 다시 전화 드려도 될까요?)

好, 好. (좋아요.)

오전 중에 별달리 할 일이 없어 新天地와 그 옆의 太平洋百貨에나 가 볼까 생각이 들었다. 지하철을 기다릴 때 과자자판기가 보여 사진을 한 장 찍었다.

　新天地에 도착하니 길 어귀에 호텔 하나가 있는데 택시 승강장을 대만식으로 計程車候車處라고 쓴 것이 눈에 띄었다. 점심때쯤이 되었기에 길가에 있는 전화 부스에서 다시 楊鶴鳴 敎授에게 전화를 했다. 이번에는 楊敎授가 직접 전화를 받았다. 내가 그의 책을 번역한 게 있어 한국에서 출간하려고 편지를 보냈었는데 못 받았느냐고 했더니 편지를 받았고 나한테도 메일을 보냈었다고 한다. 어떻게 된 일인지 그 메일이 나에게 전달되지 않아서 일이 지연이 된 것이다. 번역서를 출판해도 괜찮으냐고 물었더니 흔쾌히 "我同意!(동의합니다.)"라고 대답하기에 그럼 귀국한 뒤 출판사를 알아보고 다시 연락드리겠다고 했다.

　新天地 주변은 버스가 안 다니는 작은 도로들이어서 공기가 다른 곳보다 깨끗했다. 이번에는 거리에 사람들이 거의 없었다. 카페나 레스토랑을 다시 보니 45위안 하는 面/국수도 있으나 음료수를 따로 시키라고 하면 6-70위안은 필요할 것 같아

선뜻 들어가지 못했다. 창밖으로 안에서 샌드위치를 먹는 서양 사람들이 간간이 보였다. 비싼 음식은 300 – 400위안이라고 쓰여 있었다. 服務員/종업원도 서양인들이었다. 한 중국청년이 서양 사람을 안내하며 한 건물을 영어로 소개하고 있었다.

주변에 눈에 띄는 中式餐廳/중식당이 없어 지하철역과 연결되어 있는 太平洋百貨로 갔다. 1층에서 판매원에게 물었다.

餐厅在哪儿? (음식점은 어디에 있습니까?)
二楼. 是西餐厅. (2층에요. 레스토랑입니다.)

阿利與艾德라고 되어 있는데 영어로 Aligado Coffee Restaurant 라고 되어 있고 밖에 악보처럼 펴 놓은 메뉴판에는 한국 김치와 돼지고기나 게 등을 넣은 찌개가 39위안, 일본식 우동이나 전골 같은 것도 39위안이었다. 종업원이 "你抽烟吗? (담배 피우십니까?)" 라고 묻기에 "不. (아니요.)"라고 하니 가운데 자리에 안내했다. 鐵板燒牛排炒飯(36위안)을 시켰는데 고기 약간과 버섯, 당근, 양배추 등을 넣어 볶은 밥으로 약간 달콤한 맛이 있었다. 의자는 좀 불편한 소파형 의자로 의자가 낮아서 철판 위의 음식이 코에 닿을 듯했다.

제자에게 선물할 만한 것이 없을까 둘러보았는데 7折/30% 할인한 지갑이 300위안 정도로 좀 비쌌고 일전에 한번 보아 두었던 중국옷은 여전히 8折/20% 할인 상태로 5折/50% 할인 이나 되어야 살 수 있을 것 같았다.

백화점을 나와 新天地 옆 공원을 좀 걸으려 했으나 길을 잘못 접어들어 그냥 숙사로 돌아가 쉬기로 했다. 돌아오는 지하철 안에서 사람들이 적기에 지하철 안내방송을 디지털카메라의 동영상 기능을 활용하여 녹음하려고 했는데 이때 상해의 지하철이 칸막이가 없는 것이 불편함을 느꼈다. 갑자기 들어와 앉은 두 청년이 크게 떠들어 방송이 들리지 않았다. 다른 열차 칸으로 옮겨가 앉아서 방송이 나오기를 기다려 또 녹음하려고 했으나 역시 칸막이가 없어서 그 청년들의 떠드는 소리가 계속 들려 녹음을 할 수가 없었다.

상해의 이 탁 트인 지하철은 마치 밀폐식문을 달지 않은 중국화장실과 유사하다고 느껴졌다.

2월 14일_ 南京大學 · 난징대학

5시 20분에 숙사로 데리러 오는 차가 온다고 했는데 알람시계가 없이 자다 보니 5시가 다 되도록 자고 있었고 總台의 아저씨가 방문을 두드리는 소리에 깨어 후다닥 세수만 하고 싸놓은 가방을 들고 뛰어 내려갔다. 아저씨는 차고와 셔틀버스가 정차해 있는 컴컴한 곳을 손전등을 비추며 왔다 갔다 했고 헤드라이트를 켜고 다가오던 봉고차가 내 앞에 멈추었다.

去南京的吗? (남경에 가는 겁니까?)
是的. (그래요.)

교문을 나설 때 수위아저씨가 내 얼굴을 확인하고 自動伸

縮門/자동신축문을 열어 주었다. 이른 시간이라 길은 텅 비었다. 나를 上海火車站/상해기차역까지 데려다 주고 차표를 주며 스스로 기차를 타고 가라고 했다. 火車站은 상당히 컸고 進站口/역 입구로 들어가 전광안내판을 보니 2층 4번 候客室/대합실이라고 되어 있어 그리로 가서 여기가 맞느냐고 물으니 아니라고 한다. 급한 마음에 1층으로 다시 내려가 小姐에게 물으니 5번 候客室로 가라고 한다. 가 보니 班次/열차 번호가 맞기에 확인차 줄 서 있는 사람에게 물으니 "班次对就对吧. (열차번호가 맞으면 곧 맞겠지요.)"라고 대꾸한다. 南京역이 중간에 포함된 듯한 上海 − 銅陵 노선 기차를 타고 보니 내 좌석은 2층의 1인용 구석 좌석이었다. 주변에 앉은 사람들이 같은 여

행단인가 싶어 신경이 쓰였으나 눈을 감고 계속 갔다. 9시경 南京역에 도착했다.

역의 출구를 빠져 나오니 기다리는 사람들 중에 내 이름이 쓰인 팻말을 든 한 청년이 보였다. 내가 말했다.

我是崔琴玉. (내가 최금옥입니다.)
你好. 这边走. (안녕하세요. 이쪽으로 오세요.)

그 청년은 나 한 사람만 맞이해서 택시 승강장으로 데리고 가 자기가 조수석에 앉고 나를 뒤에 앉게 했다. 운전기사는 여자였다. 얼마 안 가 작은 賓館/호텔 앞에 택시가 정차하고 우리는 賓館으로 들어갔다.

　押金/보증금 100위안을 내고 登記/등기하고 簽名/서명을 했다. 이걸로 오늘의 일정은 끝이고 내가 알아서 관광한 후 내일 아침 七点一刻/일곱 시 십오 분에 여기로 내려와 있으라고 했다. 그러면 다른 사람들과 합류해서 관광을 하게 된다는 것이다. 방으로 올라가 空調를 켜고 가방에 있던 빵을 먹은 뒤 씻고 TV를 좀 보다가 밖으로 나와 우선 잡지 판매대에서 지도부터 한 장 샀다. 그곳 바로 옆에 남경시 도시개발계획관이 있어 들어갔다. 입장료는 10위안이었고 안에는 사람이 거의 없었다. 도시개발계획을 전시하면서 넓은 공간을 박물관으로 겸용하고 있었다. 南京의 두드러진 역사적 의미는 삼국시대 吳나라 및 明代와 中華民國의 수도였다는 데 있어 그와 관련된 사진이 많았다.

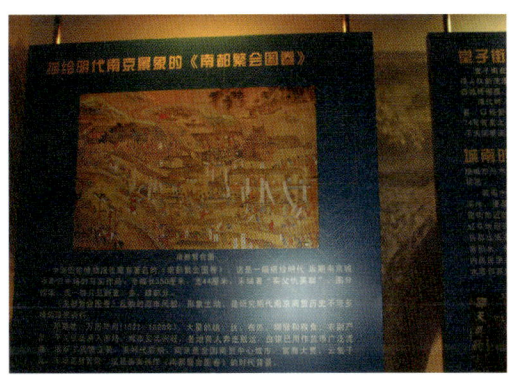
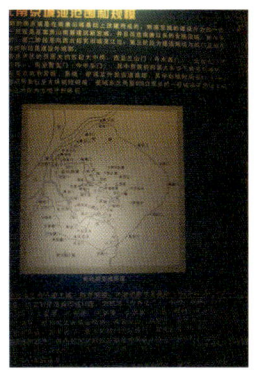

지도를 보니 中央路/중앙로가 남북을 관통하는 비교적 중심적인 길인데 賓館은 작지만 그 길에 위치하고 있어 교통이 편리했다. 겨울이라 길가 상점 중에는 발 따뜻하라고 신발안에 까는 깔창을 파는 집도 보였다. 중앙로를 따라 내려가다 한 음식점에 들어가 水餃/만두를 주문했다.

　　10个水饺. (만두 열 개요.)

　　水饺最少半斤起卖. (만두는 적어도 반 근을 시켜야 합니다.)

　　好, 来半斤水饺. (좋아요, 만두 반 근 주세요.)

　　半斤은 25只/개였다. 가격은 13위안이었는데 만두피가 두껍고 맛이 없었다. 한 허름한 아저씨가 들어오더니 먼 쪽에 앉아 주문을 하기에 눈여겨보니 麻婆豆腐/마파두부 같은 걸 하나 시켜서 밥 한 공기를 손에 들고 그 반찬만으로 식사를 해결했다. 역시 중국요리는 혼자 먹기에 불편하다. 구색을 고루 맞추면 너무 비싸기에 한 가지 요리로 점심을 해결하는 것이다. 다시 호텔에 돌아가 지도를 연구하고 南京大學에 가보기로 작정했다. 지도상으로 버스 두 정거장 거리라 걸어서 찾아갔다. 길은 먼지투성이이고 공기가 몹시 탁했다. 상해보다 공기가 더욱 나쁜 것이 느껴졌다. 버스 정류장의 站牌도 상해가 더 알아보기 쉽게 되어 있는 듯했다. 南京大學 근처의 지하철역 鼓樓站에 내려가 보았다. 지하철 노선도를 보니 2개의 노선밖에 없었다. 지하철 역사 안의 음료판매대에서 椰

果奶茶/야자열매밀크티를 5위안에 샀는데 방금 길에서 어떤 아주머니가 들고 가던 것과 똑같은 것으로 맛이 아주 좋았다. 다 마시고 쓰레기통을 찾으니 쓰레기통이 길가에 있기는 했는데 재활용품과 일반쓰레기를 구분 않고 버리고 있었다.

　南京大學를 후문 쪽으로 들어가서 보니 고풍스러운 건물과 나무들이 많아서 校園/교정이 보기 좋았다. 부모와 함께 교정을 지나가던 꼬마가 말했다.

　　南京大学好漂亮! (남경대학은 정말 예뻐요.)

교정을 대강 보면서 인문대 중문과를 찾으니 학생들이 친절히 길을 가리켜 주었다. 외국어과를 안내하는 간판들 중에 日語系/일어과가 있었는데 그 오른편에 南京大屠殺史硏究所/난징대학살연구소라는 연구소 간판이 보여 미묘한 기분이 들었다. 교정 중심 위치쯤에 나무숲이 있고 그 안에 중국고대기물의 특징인 청동 솥이 커다랗게 주조되어 있는 것이 눈을 끌었다. 2002년 江蘇省人民政府/강소성 인민정부가 기증한 것으로 南京大學의 역사를 간략히 새겨 놓았다. 나무숲의 벤치에는 앉아서 책을 보는 학생들이 있었다. 정문 쪽으로 나와 보니 중국대학의 정문 안에 흔히 보이는 모택동 동상이 보이지 않았다. 학교 주변에는 숙소를 안내하는 쪽지들이 벽에 많이 붙어 있는데 길가에서 본 호텔들이 100위안에서 150위안대의 저렴한 가격이었는데 여기는 더욱 저렴하여 하루 방 빌리는 데 70위안이라고 써 붙여 있었고 서양 여학생들이 여행가방을 끌며 드나들고 있었다.

　南京大學에서 숙소로 돌아오는 길에는 鼓樓站에서 지하철
을 타 보았다. 두 정거장이어서인지 2위안이었고 지하철 표가
동그란 플라스틱 표였다. 시간이 오후 3시 좀 넘은 정도여서
숙소에서 가까운 玄武湖공원엘 가 보았다. 사람들이 입장권
을 안 사고 들어가기에 나도 따라 들어갔으나 거기는 호수
외곽만 구경할 수 있었고 안은 따로 입장권을 사야 했다. 그
것도 모르고 그냥 들어가는 듯한 사람 뒤를 따라 들어갔더니

매표소에서 나를 제지한다. 왜 앞사람은 그냥 들어갔냐고 하니까,

人家有证件! (그 사람들은 출입증이 있어요.)

입장권은 20위안이었다. 입장권에 있는 지도를 보며 커다란 호수 몇 군데에 쓰인 공원 중에 梁園을 찾으려고 했는데 공원 전체가 너무 커서 길을 찾기가 어려웠다. 玄武湖답게 공원길을 구보하는 웃통 벗은 군인들이 보이기도 했다.

큰 호수를 둘러싼 공원 안에 몇 개의 작은 섬들을 따로 공원이라 이름 붙여 놓았는데 梁園은 본래 西漢 梁孝王의 東苑인데 후에 皇室의 궁정과 정원을 지칭하는 말로 중국문학에 자주 등장하기에 그 유적을 보고 싶었다. 한 아가씨에게 梁園이 어디 있냐고 말을 걸다가 같이 돌아다니게 되었는데 그 아가씨는 南京의 한 대학의 環境藝術系/조경학과에 다니는 학생으로 엄마가 南京의 각 공원을 출입할 수 있는 카드를 사 주셔서 시간 날 때 공원을 산책하곤 한다고 했다. 위로 오빠가 있는데 자기를 또 낳기 위해 罰金/벌금을 내었고 또 교육도 열심히 시키는 등 집안의 기대가 크다고 했다. 같이 걸으며 蓮花廣場/연화광장에서 사진도 찍고 물어물어 梁園을 찾아갔으나 옛 유적은 없고 반은 황폐하고 반은 공원으로 조성을 해 놓은 상태였다. 그 여학생은 약간 촌스러운 느낌이 드는 清代의 건축물을 멋있다고 했다. 공원 바닥은 중국의 공

원에 흔한 작은 둥그런 돌들이 장식되어 있었는데 그 돌을 雨花石이라고 알려 주었다. 날이 저물어 가기에 공원을 나와 버스 정류장을 향해 가다가 빵집에 들러 그 여학생에게 빵을 하나 사 주고 나도 하나 샀다. 서로 e-mail을 적어 주고 사진을 메일로 보내 주기로 약속했다.

숙소로 돌아와 좀 쉬었다. 새벽에 일어나 여행을 온지라 몸이 피곤했다. 벌써 오래전부터 피곤함을 느낄 때 얼굴이 좀 벌

개지는 것 같았는데 오늘은 아침부터 계속 벌건 느낌이었다. 상해에 머물었던 것이 아무래도 고국의 집만큼 편치가 않기에 피로가 쌓이는 것 같았다. 숙소에서 나와 노변을 따라가다 보니 淸眞이라 쓰인 조그만 이슬람 음식점이 보여 들어가 보았다. 말로만 듣던 刀削面/손칼국수가 있기에 시켰는데 가격은 4위안으로 저렴했고 그래서인지 양이 적었다. 맛은 두꺼운 면발의 느낌이 강했고 별로 맛있지 않았다. 혹시 맛이 더 좋을까 하여 土豆絲炒牛肉(8위안)을 시켰더니 좀 짜서 밥을 추가하여 조금 먹었는데 역시 맛이 별로였다. 조그만 음식점 안은 '本店 淸眞, 外菜莫入(저희는 이슬람 음식점이라 외부음식 금지입니다.)'라고 쓰여 있는데 회교도는 猪肉/돼지고기를 먹지 않아서인 듯했다. 숙소에 돌아와 쉬고 잠을 자려 했으나 오랫동안 전기장판을 깔고 자 버릇해서인지 등이 차가워 잠이 안 왔다. 空調를 높은 온도로 계속 틀어 놓아도 침대 시트가 차가워 자다 깨다를 반복하며 거의 날을 새우다시피 했다.

2월 15일_ 中山陵 • 중산릉

오늘 아침에도 周庄에 갈 때처럼 버스가 숙소로 와서 픽업
해 주었다. 도중에 몇 군데 더 들러 사람들을 태웠는데 모두
열 명 남짓한 인원이었다.

맨 처음 간 관광지는 朝天宮으로 현재는 南京의 故宮博物
館인 셈인데 명나라 때 귀족의 자손들에게 궁중예절을 가르
치기 위한 학교로 세워졌고 1866년 재건되었다 한다. 지금은
삼국시대 및 남북조시대 등의 유물이 많이 전시되어 있는 박
물관이다. 공자의 유교의 예를 가르쳤기에 문 안에 들어서면
孔子行敎像이 맞이한다. 박물관에는 토기, 조각상, 생활용
구 등이 소장되어 있는데 아주 어렸을 때 사용하는 걸 보았
던 熨斗/인두를 보니 새삼 옛 기억이 생각났다.

　우리 일행은 다시 버스를 타고 다른 관광지로 갔는데 도중에 창밖으로 보이는 백악관 모양의 건물을 두고 가이드가 南京的小白宮/난징의 작은 백악관이라고 했다.

　관광지를 들르기 전에 雨花石의 생산지를 들러 본다고 데리고 갔는데 南京의 특산인 雨花石를 설명하고 雨花石으로 만들어진 상품들이 전시된 곳으로 데려 갔다. 이곳의 雨花石은 윤기 있고 색깔 있는 돌로 공원 바닥에 장식된 雨花石보다는 고급스러운 것이다. 그것을 잘 포장해서 비싼 가격에 팔고 있는데 그중 비교적 저렴한 관상용 작은 돌 몇 개를 케이스에 포장한 것을 100위안에 샀다. 그러고 나서 버스에 태워 간 곳이 雨花臺이다. 雨花臺는 불교가 성했던 梁나라 때 雲光이란 고승이 이곳에서 설법을 했는데 하늘이 감동하여 꽃이 비처럼 떨어졌다고 하여 雨花臺라 불리게 되었다. 그러나 현대사에서는 국민당 통치시절 이곳에서 중국 공산당 혁명가

들이 처형되었으므로 그들의 넋
을 기리기 위해 1950년 열사능
원을 조성하고 화강암 조각상
을 세웠다. 열사들의 민족과 연
령을 대표하는 9개의 조각상으
로 이루어져 있다.

雨花臺 근처에 中華
門이 있어 곧이어 그리
로 갔다. 中華門은 南
京城의 南門으로 明初에 만들어진 南京城의 城門 중 가장
크고 보존 상태도 좋은 문이다. 네 겹의 성문으로 되어 있고
문 사이에 27개의 藏兵洞이 있어 3000여 명의 병사들이 이
곳에서 적을 유인해 성문 안에 들어오면 千斤閘이라는 문짝
을 내려 퇴로를 차단했던 철옹성이다. 3층으로 되어 있는 중
화문은 병사들이 걸어서 오를 수 있는 계단 외에 직접 말을
타고 오를 수 있는 馬道가 별도로 있다. 계단의 벽돌에는 흐
릿하게 글씨가 새겨져 있는 것들도 있었다.

　그 다음 코스로는 南京의 옛 공원 瞻園으로 갔다. 공원 앞
의 상가에서 南京의 특산인 鹽水鴨/소금에 절인 오리고기을
사라고 권해 숙소의 小姐에게 노트북 寄存費/보관비 겸 기념
으로 주려고 38위안에 한 마리를 샀다. 瞻園은 몇 년 전 싱
가포르 수상이 올 때에도 들렀다는 南京의 대표적인 공원이
다. 明代 초기에 개인 정원으로 건립되었고 太平天國亂/태평
천국의 난 때에는 楊秀清의 王府로 쓰였다 한다. 상해나 소
주의 정원에서 볼 수 있는 남방의 특징인 大假山을 여기에서
도 역시 볼 수 있었다. 돌아다니다 보니 어떤 아저씨가 太平
天國과 관련된 건물 안을 들여다보며 말했다.

我看看里面是什么个东西. (안에 어떤 것이 있는지 좀 봐야겠다.)

　그 공원 안에서는 또 우리를 민속음악을 공연하는 곳으로 안내해 차를 대접하며 음악을 감상하게 하였는데 3명의 여자 연주자가 나와 京劇에서 자주 쓰는 二胡 등의 전통악기를 가지고 장장 30분이 넘게 독주 또는 합주를 했다. 공원 안에도 역시 기념품 판매소가 있었는데 마땅히 살 만한 것이 없어 虎/호 자를 그림처럼 쓴 작은 中國結/중국매듭을 50위안에 샀다. 어느 방향으로 그 글자를 걸어도 다 좋은 운이 따른다고 했다.

　瞻園 관람이 끝난 후 夫子廟(＝文廟) 근처로 갔는데 들어가는 입구에 白鷺芳洲라는 牌坊/현판이 걸려 있었고 그 안쪽으로 좀 들어가면 秦淮강이 흐르고 있다. 秦淮강은 秦始皇 때 동쪽을 순수하다가 남경(＝金陵/금릉)에 천자의 기운이 있다고 여겨 바닷물을 끌어다 들게 하고 秦淮라 이름 붙인 것이다. 원래 여정에 있는 夫子廟는 공자를 공양하고 제사 지

내기 위해 지어진 건물인데 우리는 그곳을 구경하지 못하고 가이드를 따라 총총히 작은 절로 갔다. 명나라 때 朱元璋/주원장이 기도했던 곳이라는 누추해 보이는 절간을 구경시키더니 이번에도 가이드는 절 안에서 사진을 못 찍게 하고 또 10위안밖에 안 하니 카드를 하나씩 사라고 했다. 보통의 카드보다 조금 작은 크기로 부처님상이 빛나는 카드인데 그것을 운세가 쓰인 푸른 종이로 싸서 손에 들고 세 번씩 불상을 향해 합장하라고 하고 또 그렇게 합장한 채로 스님이 있는 곳으로 가게 하려는 것이었다. 나는 "我不信佛教.(나는 불교를 안 믿어요.)"라고 둘러대고 따라 들어가지 않았다. 周庄 관광에서도 절에 들러 행하는 코스가 아주 강제적인 것처럼 느껴졌는데 이번에도 역시 강압적으로 느껴졌다.

 빡빡한 일정이 끝나고 점심식사를 하게 되었다. 이번에는 가이드가 식비로 각자 20위안씩을 내라고 했다. 인원이 10명도 안 되는데다 한 커플이 다른 곳에서 식사하겠다고 해서인지 우리 일행을 한 둥근 테이블에 앉혔다. 한 사람의 식비로 한 가지 요리가 되니 모두 여섯 명이 둘러 앉아 여섯 가지 정도의 요리를 먹을 수 있었다. 방금 전에 샀던 南京의 特産/특산인 鹽水鴨/소금물에 절인 오리고기도 식탁에 올라왔다. 일행은 父子로 보이는 남자 둘과 신혼부부와 여대생 그리고 나였다. 이번 여행 티켓을 인터넷으로 구입해서 백 몇십 위안에 샀다고 말하는 사람도 있고 200위안에 샀다고 말하는 사람도 있는데 나는 그보다 훨씬 비싸게 주었지만 이틀 여행이어서 그런 듯했다. 부자는 식후에 서로 나란히 담배를 피웠다. 식사가 끝나고 걸어 나가면서 신혼부부가 여대생에게 물었다.

你上哪个大学? (어느 대학 다니세요?)
西南正大. (서남 정치대학요.)
西南正大满好的. (서남 정치대학은 꽤 좋은 편이지요.)

그리고 여대생은 내게 물었다.

你是哪里人? (당신은 어디 사람입니까?)
我是韩国人. (나는 한국인이에요.)

여학생은 깜짝 놀라서 여태 중국인인 줄 알았다. 자기 학교에도 한국에서 유학 온 학생이 있는데 캠퍼스가 아름다운 대

학이라고 기억한다고 했다. 그래서 아마 慶熙大學/경희대학일
거라고 했더니 그런 것 같다고 했다. 가이드가 옆에서 물었다.

你们是哪里人? (당신들은 어디 사람들입니까?)
来自全国的. 还有国外的. (전국에서 왔어요. 그리고 외국인도
있답니다.)

식사를 통해 그간 말이 없이 다니던 사람들이 대화를 튼
셈이다. 나머지 코스는 中山陵/중산릉 관광이었다.

中山陵 입구는 규모가 크지는 않았지만 에버랜드 같은 곳에
서처럼 입장할 때 손목에 입장 팔찌를 채워 주었다. 안에는 博
愛/박애라고 쓰인 흰 돌 기둥 위에 푸른 기와가 얹힌 문이 있었
고 그 문을 통해 한없이 계단을 오르는 것이 주요 코스였다.

계단을 다 올라가니 역시 흰 돌 벽 건물에 푸른 기와의 건
축이 하나 우뚝하니 있었는데 그 안에 孫文/손문이 가슴에
두 손을 얹은 채 누워 있는 석상이 있었다. 導游/가이드의 말
에 의하면 관람객들이 孫文의 석상을 위에서 아래로 내려다
보게 해 놓은 것은 절로 고개를 숙여 그에게 경의를 표하게
하기 위해서라고 했다. 건물 앞 계단 꼭대기에서 밑을 내려다
보면 江南四大名山의 하나인 鍾山 아래의 시내가 시야가 탁
트이게 내려다보였다. 전체적인 스케일과 느낌이 臺灣/대만의
楊明山公園/양명산 공원에 있는 故宮博物院/고궁박물원과
비슷한 느낌이 들었다. 넓은 부지에 건축물은 대만 국기인 靑

天白日旗/청천백일기의 청색과 흰색을 연상시키게 주로 흰색과 청색의 조화로 이루어져 있다. 계단을 내려오면서 실습을 나온 가이드가 계단참 양쪽에 있는 사자상 앞에서 사진을 찍어 주었다. 중국 건축에는 이렇게 쌍으로 되어 있는 사자상이 많은데 발로 새끼사자를 밟고 있는 것은 암사자라고 했다.

中山陵을 마지막으로 관광코스가 다 끝났다. 버스에 올라 탔더니 가이드가 上海로 돌아가는 기차표를 가지고 있느냐고 묻더니 기차역까지 公交車/공공교통을 이용하라면서 실습 가이드더러 나를 버스에 태워 주게 했다. 일행에게 작별을 고하고 시내버스에 올랐다. "到底站下.(종점에서 내리세요.)"라고 했기에 계속 앞자리에 앉아 있었다. 동전으로 차비를 내지 않고 카드를 대는 사람은 2위안이 아니라 1.6위안이었다. 카드를 댈 때 '歡迎刷卡'라는 글자가 떴다. 종점에 내려서 보니 다소 복잡한 南京站이 나타났다. 새로 생긴 고속열차 動車/동력기차를 타야 하기에 그곳 候車室/대합실로 갔다. 대합실 안의 벽에는 金陵/금릉(＝난징)의 역사를 시점이 다양한 散點透視畵法/산점투시화법으로 그린 커다란 금빛 동판화가 걸려 있었다. 시간이 많이 남았기에 한쪽 구석의 간이 카페에서 咖啡奶茶(5위안)를 마셨다. 종업원은 마치 空中小姐/스튜어디스처럼 단정한 복장을 하고 있었다. 열차가 도착하여 탑승하고 보니 우리나라 KTX보다 널찍한 좌석에 내부가 깔끔하고 식당 칸이 따로 있었다. 전광판에 다음 역을 안내하는 말이나 "请把果皮, 杂物等放入清洁袋内.(과일 껍질이나 잡쓰레기를 쓰레기 봉투 안에 넣어 주세요.)" 같은 주의사항 등이 글자로 떴고 가끔 현재 속도를 알려 주기도 했다. 열차가 순조롭게 빨리 달릴 때는 최고 시속 240킬로미터였다. 上海에서 蘇州까지 30분이면 간다더니 정말 그랬다. 어제 아침 보통 기차는 4시간가량 걸려 갔는데 이 動車로는 南京까지 2시간 남짓밖에 안 걸렸다. 上

海에 도착하여 숙소를 향해 대로를 걷다 보니 차가운 밤공기가 역시 더 신선하게 느껴졌다. 00特色面집에 들어가 紅燒圈子面(18위안)을 시켜 먹었는데 紅燒肉는 없고 그 비슷하게 생긴 둥그런 밀가루말이가 들어 있는 면이었다. 숙소에 돌아오니 總台의 아저씨가 陳小姐를 불렀다. 陳小姐는 막 머리를 감고 나온 참이었는데 鹽水鴨를 선물했더니 극구 사양하다가 끝내는 받았다. 여행비를 총 계산하니 807위안 들었다.

2월 16일_ 家樂福(2) · 까르푸(2)

아침에 일어나 씻고 나갈 준비를 하는 참에 누가 노크를 했다. 總台의 陳小姐였다. 그녀가 스텐 그릇을 받쳐 들고 있기에 쳐다보고 물었다.

这是什么? (이건 무언가요?)
稀饭. (죽입니다.)

어제 鹽水鴨를 선물해서인지 답례로 가져온 듯 했다. 맛을 보라고 하고 내려갔다.

마침 배고프던 참에 대추가 들어간 따끈따끈한 죽을 한 그릇 먹으니 속이 든든했다. 이번에는 지난 번의 닭 삶은 탕같이 느끼한 것이 아니어서 입맛에 맞았다. 새삼 陳小姐의 소박하고 진실한 정이 고마웠다.

이틀간의 남경 여행으로 피로했기에 오늘은 숙소에서 쉬면서 가까운 家樂福에나 다녀와야겠다고 생각했다. 우선 밀린 빨래를 했다. 따뜻한 전기장판에 몸을 녹여 가며 쉬다가 점심때쯤 古北路의 家樂福로 갔다. 일본인들이 주변에 많이 산다는 이곳, 점심을 먹으러 大食大푸드코트에 나온 사람들은 왠지 다 일본 사람들 같아 보였다.

大食大는 조명이 어두컴컴했다. 이 집 저 집을 둘러보다 보니 金茂大廈에서 먹었던 上海炒面과 生煎包도 있었는데 上海炒面은 빛깔도 별로이고 맛이 없어 보였고 生煎包는 바닥이 까맣게 탄 식이었다. 가격 차이는 별로 안 나는데 이렇게 음식 솜씨에 차이가 있나 싶었다. 바구니에 담긴 밥을 먹어 보고 싶어 한 집 앞에서 주문을 했더니 먼저 카드를 사오라고 했다. 카드를 100위안 내고 산 다음 그것으로 아무 음식이나 사 먹는 식으로 소비를 조장하기 위한 제도 같았다. 곧 출국할 것이고 여기에 다시 올 가능성도 적기에 오늘 한 번 사먹기 위해 카드를 사는 게 싫었는데 당일 카드를 사서 당일 退卡/카드 물리기를 해도 된다고 했다. 牛腩荷葉籠飯은

18위안으로 대통에 연잎을 깔고 밥과 소고기를 좀 얹어 찐 것인데 소고기가 많이 짜고 밥이 맛이 없었다. 맹탕인 국물을 따로 주어서 그 고기만 얹은 밥과 먹었는데 다시는 먹고 싶은 마음이 안 들었다. 손님은 한창 많은 때라 좌석이 만원이었고 내 앞에는 한 일본인으로 보이는 아줌마가 아이에게 밥을 떠 먹여 주며 식사를 하고 있었다. 밥 먹고 나서 곧바로 카드를 물렀는데 음식값

18위안보다 더 비싸게 20위안을 빼고 80위안만 거슬러 주었다. 다 까닭이 있을 것 같아 그냥 말없이 나왔다.

2층에 올라가 여행 가방 코너를 찾았다. 짐 가방이 아무래도 부족할 것 같아 가방 하나를 더 살 생각이었다. 마침 세일하고 있는 싼 가방이 눈에 띄어 회색과 빨강색 중 빨강색으로 하나 골랐다. 밀고 다닐 수 있는 작은 여행 가방인데 불어난 짐을 담기엔 적절할 것 같았다. 영수증에 18寸鋒雷拉杆箱이라고 찍혀 나왔고 본래 가격은 88위안인데 세일해서 49위안이었다. 그리고 중국 여행에서 으레 사는 술 한 병을 사려고 둘러보니 春節 선물세트로 팔고 남은 것이 아직 진열되어 있어 관심이 갔다. 중국술은 그동안 많이 사 보았기에 이번엔 비행기 안에서 잘 안 파는 비교적 싼 양주인 시바스 리갈을 사기로 했다. 유리 컵 두 개와 작은 샘플 술병이 세트로 담긴

芝華士/시바스 12年 禮盒/선물세트는 238위안이었다. 그 선물세트의 부피가 하도 커서 마트 한편에 앉아 딱딱한 선물세트 포장에서 술병을 꺼내 방금 산 여행 가방에 옮겨 담았다. 지나가던 부인이 가방 얼마 주고 샀냐고 묻기에 49塊라고 하니 "这么便宜呀 (이렇게 싸요?)" 하고 감탄을 했다. 무거운 술은 여행 가방에 넣어 끌고 딱딱한 종이세트는 버릴까 하다가 숙소로 들고 갔다. 그 안의 유리컵 세트를 陳小姐에게 선물할 생각이었다. 숙소로 돌아가는 길 아파트 단지 앞에 작은 화단이 보여 사진을 찍어 보았다.

숙소에 도착하니 마침 陳小姐가 있었다. "我买了旅行包. (여행 가방을 샀어요.)" 하고 말을 걸고 술도 샀다고 하며 케이스

를 보여 주고 유리잔 두 개를 선물로 주니 좋아하였다. 마침 한산한 시간이라 선 채로 陳小姐와 이야기를 나누었다. 南京가 보니 별거 없더라. 그런 얘기를 하고 黃山에 못 간 것이 서운하다고 했더니 이 숙소에 머물었던 한국 학생 서너 명이 작년에 黃山에 갔다 왔다고 하며 그 학생들이 머물었던 기록을 장부에서 뒤적여 무슨 무슨 대학의 학생들이라고 증명해 보였다. 이름이 알려지지 않은 대학이고 중문과 학생들도 아니기에

他们一定不太会说汉语. (그들은 분명 중국어를 말할 줄 몰랐을 거야.)

对, 一句话也不会说. (맞아요, 한마디도 잘하지 못했어요.)

그런데도 자기들끼리 기차표를 사서 황산 여행을 잘 다녀 왔다는 것이다. 또 선물세트 종이 케이스 치우는 것 가지고 상해는 쓰레기 분리수거 안 하느냐고 물었더니 이런 곳에서는 안 하지만 새로 지은 큰 아파트 단지에서는 분리수거를 한다고 했다. 분홍, 노랑 등 색깔별로 쓰레기통이 있다고 했다. 우리나라에서는 분리수거가 철저하다고 하니 "我们还没到 那个水平. (우리는 아직 그 수준에 이르지 못했어요.)"이라고 겸손 하게 말했다.

그리고 상해 사람들이 잘사는 사람이 많은 것 같다, 뭐 해 서 돈을 버는 거냐고 물었더니 做生意/장사를 해서라고 대답

한다. 대부분은 장사로 돈을 벌고 또 선생님들 같은 경우도 장사식으로 돈을 번다. 즉 선생이 當家敎/가정교사를 많이 한다. 특히 給外國人上課/외국인에게 수업해 주는데 중국어나 그림 그리기 등을 주로 가르친다고 했다. 어떤 중고등학교 선생들은 아예 학교를 휴직하고 선생의 직함을 유지한 채 打工/아르바이트에 몰두한다고 했다. 1시간에 50위안, 6명이면 300위안이니 周五/금요일 저녁에 한 번, 周六/토요일과 周日/일요일에 두 번씩 5회를 하면 월급보다 낫고 세금도 안 내고 신고도 안 하니 더 좋다는 것이다. 그래서 아는 사람들을 통해 이런 과외를 한다는 것이다.

陳小姐는 安徽省/안휘성 출신으로 1993년 상해에 왔다고 했다. 그때는 이 仙霞路 주변이 다 낮은 건물 뿐이었는데 2000년 이후로 유독 높은 건물이 많아지고 물가도 비싸졌다고 했다. 이야기를 대강 마치고 내 방으로 올라갔다. TV에서는 경극공연을 방송하고 있었다. 이전에 언젠가 중국 여행할 때 호텔에 틀어박혀서 줄곧 TV만 본 적이 있었다. 주로 명절 무렵 경극의 방송이 많다. 그때엔 관심 있게 보았는데 대사가 알아듣기 어렵더라도 자막이 있기에 주의 깊게 보면 일반 話劇보

다 더 심금을 울리는 효과가 있기도 하다.

좀 쉬다가 저녁을 먹으러 나갔다. 永和大王에 가서 본래 20위안 하는 뭔가

를 먹으려 했는데 值班經理/당직대리가 더 비싼 養身鴨腿湯
套餐(22위안)을 권했다. 귀국 날이 얼마 안 남았기에 긴장했던
절약모드를 다소 풀고 정말 맛있냐고 물은 뒤 그걸 시켰다.

좀 시간이 걸려 나왔는데 오리 다리 한 개를 삶은 것으로
푹 고아지지 않아서 오리 살이 질겨 뜯어 먹기가 어려웠다.
국물엔 콩 몇 개와 香菜가 떠 있을 뿐 맹탕이었다. 반찬으로
내온 브로콜리는 좀 오래된 걸 내온 듯했다. 밥 위에는 약간
의 소스를 끼얹어 주었다. 먹고 나오는데 문간에 리어카 小攤
하나가 DVD를 팔고 있었다.

在这样的地方卖的是不是盗版? (이런 곳에서 파는 건 해적판
이 아닌가요?)

一般都是盗版, 可是跟正品一样.[13] (일반적으로 모두 해적판이
지만 그러나 정품과 같아요.)

新天地영화관에서 상영하던 大灌籃/쿵후덩크와 色戒/색계
를 각기 10위안에 샀다.

---

13 '跟正品做得一样.'이란 표현이 정확하다.

2월 17일_ 太平洋百貨(2) · 태평양백화점(2)

아침을 中式餐廳/중식당에 가서 大餛飩을 먹었다. 이 집에서 이걸 먹으면 맛은 있는데 늘 배탈기가 있어 속으로 좀 걱정했지만 혹시 그동안 실내가 추워서 배탈이 난 건지도 모르겠다고 생각되어서 그냥 먹었다. 주변의 죽집 등은 아직도 문을 닫은 상태이고 문을 연 이 집도 실내 수리 중이어서 어수선하고 손님도 적었다. 어제 여행 가방을 샀기에 담을 공간이 생겨 그동안 몇 번 눈여겨 두었던 太平洋百貨/태평양백화점의 唐裝/중국옷을 사러 갈 생각이었다.

백화점에 도착하니 아직 문을 열지 않았다. 10시부터 22시까지가 영업시간이었다. 백화점 앞에는 상해어로 '侬好/안녕하세요!'라고 쓰인 안내판이 보였다. 남은 시간 동안 옆의 新

天地/신천지에서 시간을 보내려고 가 보았다. 新天地의 공원에서 한 사람이 혼자서 太極拳/태극권을 하고 있어 사진을 찍었다. 그런데 갑자기 배탈기가 났다. 지금쯤 백화점이 문을 열었을 수도 있지만 백화점까지 가는 동안 참을 수 있을지 걱정이었다. 新天地의 상가 쪽으로 가 보니 건물 사이에 W.C라고 쓰인 팻말이 보여 그리로 들어갔다. 화장실은 깨끗했고 부드러운 휴지도 구비되어 있었다. 새삼 新天地가 편리한 공간이라 느껴졌다.

백화점에 들어가 唐裝을 파는 곳으로 올라갔더니 50% 세일 중이었다. 내가 옷걸이 근처에서 옷을 관찰하고 있으려니 점원이 와서 "对折.(반값이에요.)"라고 소리쳤다.

我看看. (좀 봅시다.)
你随意慢慢看吧.14 (천천히 마음대로 보세요.)

검은색에 꽃무늬가 수놓인 것을 골라 물었다.

可以试穿吗? (입어 봐도 되나요?)

可以. (됩니다.)

我要先试穿这一件. (우선 이걸 입어 보겠어요.)

好. 你是韩国人吗? (좋아요. 당신은 한국인인가요?)

对. (맞아요.)

来旅游的? (여행 온 건가요?)

是的. (그래요.)

입어 보니 실크에 솜을 넣은 것이라서 가볍고 따스했지만 어깨선이 매끈하지 않은 것 같고 목 부분의 차이나칼라가 내 목에 길었다. 그랬더니 "可以打开扣子. (단추를 열어도 됩니다.)" 하며 단추 하나를 풀고 칼라를 세우지 말고 펼쳐서 입어 보게 했다.

中国人不这样穿吧? (중국인은 이렇게 입지 않지요?)

这样穿也可以, 现在都随意. (이렇게 입어도 됩니다. 요새는 모두 마음대로예요.)

옆에 아이를 데리고 온 가족이 있었는데 꼬마 여자아이는 빨강색 조끼를 입어보고 있었다. 그 아이도 칼라를 나처럼 폈다.

---

14 '随意看看吧.(마음대로 보세요.)'로 표현할 수도 있다.

我觉得有点儿大. (좀 큰 것 같은데요.)

也有小号的, 也有中号的. (작은 호수도 있고 중간 호수도 있어요.) 我看中号适合你. 肩正好. (내가 보기엔 중간 크기가 당신한테 적당해요. 어깨가 꼭 맞아요.)

소매가 좀 긴 듯했지만 따뜻하게 입을 수 있을 것 같았다. 그래서 그걸 사기로 했다. 원래 698위안이었는데 打五折/50% 할인해서 350위안에 샀다. 다른 服務員/종업원이 "我给你烫一下. (다려 드릴게요)" 하더니 높은 옷걸이에 옷을 걸고 건 옷에 선 채로 스팀다리미로 접힌 곳을 판판하게 다려서 잘 접어 비닐 백에 넣어 주었다.

这个要干洗吧? (이건 드라이클리닝을 해야지요?)

干洗. (그래요.)

옷가게에서 나와 1층에 내려가 紅包/붉은 봉투 파는 곳을 찾았다. 예쁜 紅包가 있으면 부모님에게 돈을 넣어 드리기에 좋을 것 같고 또 조카들에게도 세뱃돈 줄 때 쓸 수가 있어서이다. 그런데 평범한 디자인밖에 없어서 다소 실망한 채 글귀가 좋은 것에 만족하고 5장이 한 세트로 들어 있는 것을 9위안에 샀다. 그런데 좀 더 돌아다녀 보니 화려한 디자인의 紅包를 파는 곳이 있었다. 그것은 펼쳐 보니 속에 다시 한 겹 돈을 싸는 종이가 더 들어 있었다. 1개에 8위안으로 비싼 편이어서 2개만 샀다. 백화점과 연결된 지하철로 내려가 지하철을 타기 전에 역사 안의 빵집에서 빵을 샀다. 작은 접시처럼 움푹 팬 계란 맛이 나는 뜨끈뜨끈한 빵(6위안), 케이크 2개(11위안), 크루아상(6위안)을 샀는데 숙소에 돌아와 점심 대신으로 먹으려고 보

니 케이크 위의 과일은 오래되어 상했기에 걷어내 버리고 빵만 조금 먹었다. 백화점 안의 것보다 훨씬 싸더니 품질이 떨어지는 것이다.

귀국 날이 가까운데 남경 다녀온 후로 인터넷이 안 되어 다시 사람을 부르기도 뭣하고 해서 그냥 網吧/피시방을 이용하기로 했다. 부모님한테는 전화를 드렸으나 제자와는 전화 연락이 안 되고 또 전화가 되더라도 주변에 사람들이 있으면 업무에 방해가 될까 봐 인터넷을 이용하려고 했다. 心一代 옆에 網吧가 하나 있는데 들어가 보니 상당히 컸다. 証件/증명서를 보여 달라고 해서 護照/여권을 제시하니 컴퓨터에 입

력하고 그 자리에서 돌려주었다. 예전에 북경의 網吧에서는 押金/보증금 20위안을 받고 다 하고 나올 때 여권 돌려주고 돈도 거슬러 주었는데 이제는 많이 보편화되었는지 押金도 안 받는다. 내주는 카드를 들고 아무 자리에나 가서 앉으면 되는데 담배 연기가 자욱해서 목이 매캐했다. 컴퓨터는 19인 치는 되어 보이는데 화면 3분지 2는 아이콘이 점령하고 있었 다. 숙소의 인터넷보다는 빨랐다. 한글 입력 설치를 못 해서 오늘은 우선 온 메일만 확인했다. 제자도 내가 귀국하기 전에 한 번 저녁식사를 같이 했으면 한다고 메일을 보내 온 상태 였다. 답장을 못 쓰고 나왔다. 30분 정도 있었는데 5위안을 받았다. 이 網吧는 전국에 연쇄점이 있는 듯했다.

귀국 날 아침 5시에 택시가 오기로 되어 있어서 늦잠을 자면 안 되겠기에 家樂福/까르푸로 鬧鐘/알람시계를 사러 갔다. 시계포에는 주인이 없었다. 진열대 안을 넘겨다보니 작고 값싼 鬧鐘들이 있기에 한 개를 점찍어 두었다. 그리고 2층에 올라가 사려고 마음먹었던 상해 특산 石庫門酒/석고문술을 26.80위안에 샀다. 계산대 근처에서 서양 여자 둘이 볼에 키스를 하며 작별을 나누었다. 술병을 들고 계산대에 줄을 서니 바로 앞에 한국인 남자 셋이 장을 본 것을 계산하고 있었다. 모처럼 귀국을 앞두고 한국말을 하는 것을 옆에서 들으니 다소 반갑기도 하고 긴장도 되었다. 그들은 중국어를 유창하게 하는 편이 못 되는 듯 계산하는 종업원이 다소 불친절하게 대응했다. 아마 信用卡/신용카드로 계산할 거냐고 물었는지 모르겠다. 한 남자가 신용카드를 내고 사인했다.

제자에게 선물할 적당한 것이 없나 해서 액세서리 코너를 구경했다. 한국 액세서리 점포도 있었지만 손님은 별로 없었다. 중국 점포에서 디자인이 괜찮은 목걸이 하나가 200위안대로 쓰여 있는 것 같아 "这个多少钱? (이거 얼마인가요?)" 하니 "两千块. (2000위안요.)"라고 한 단위를 더 높여 대답한다. 내가 가격표를 잘못 본 것인지 아니면 내가 외국인 같아서 비싼 가격을 부른 것인지 알 수 없었다. 선물을 포기하고 시계포로 갔다. 시계포 주인은 할머니였고 밀린 손님 몇 명을 상대하고 있어서 내 차례가 되기를 기다렸다. 36위안 하는 鬧鐘을 고르고 시간을 맞춰 달라는 말을 적당히 비슷하게 했더니 알아들고 "好，我给你调时间.(좋아요, 내가 시간을 조정해 주지요.)" 하고는 현재시간으로 맞춰 주었다. 사용법을 잘 알려 주고 설명서까지 주었다.

石庫門酒를 비닐봉지에 담아 줄 때 비닐이 터질까 봐 두 번 싸 달라고 했기에 조금 안심은 되었지만 그걸 들고 숙소까지 걸어가기가 힘들 거라고 걱정하면서 家樂福를 나왔다. 그런데 무슨 생각을 하면서 걸었는지 늘 가던 길을 지나쳐 멀리까지 가 버렸다. 마치 시간을 조정해 주겠다고 한 할머니 말대로 내가 시간을 잊어버리고 마냥 걸은 것이다. 귀국일은 다가오고 家樂福에서 한국인들을 마주친 상태에서 무엇엔가 넋을 잃고 술병이 무거운 줄도 모르고 날듯이 걸어온 것이다. 온 길을 되돌아 걸어가니 지나쳐 온 길이 한참 되는 거리였다. 내 자신의 괴력에 놀랐다. 仙霞路라는 仙자가 들어가는 거리에 머물면서 신선의 도를 조금 터득이라도 한 것일까? 한참 만에야 永和大王 근처에 도착하여 안심을 하고 大王牛肉面套餐(20위안)으로 저녁식사를 했다. 물론 계산대에서는 더 비싼 걸 권했었다. 이 음식점은 항상 이런다.

TV에서는 한 小姐/아가씨가 대학 졸업 후 학비를 대 준 부모에게 은혜를 갚고 싶으나 마땅한 일자리가 없었는데 인터넷을 통해 알아보다가 酷一派라는 연쇄점을 알게 되었다. 그 연쇄점은 兩元店(2위안 가게)으로 매일 신상품을 들여오고 학용품、공예품、액세서리 등을 팔고 있는데 아주 잘 팔려 "从来没有退过货.(여태까지 물품이 반품된 적이 없다.)"라 하며 선전을 했다.

한 프로그램은 우리 한글에 괄호 넣기처럼 중국의 전통 시구에 괄호를 주고 채워 넣기를 하는 것으로 보아 중국인들이 시를 많이 외우고 있음을 알 수 있었다.

2월 18일_ **上海工藝美術博物館 • 상해 공예미술박물관**

    오늘은 上海影視城/상하이 영화마을에 갈 생각이었다. 인터넷에서 구한 정보대로 아침에 上海影視城으로 가는 버스가 출발하는 上海體育館站/상해체육관역으로 향했다. 8시경이라 출근하는 사람들로 지하철이 붐볐다. 1호선을 타고 가다가 '換乘3號線/3호선으로 환승'했는데 환승역은 4층으로 이루어진 복잡한 길이었다. 신문을 공짜로 공급한다고 쓰인 기계 앞에서는 실제로는 사람이 서서 손을 내밀면 한 부씩 주는 식이었다. 나도 한 부를 받았다. 그런데 지하철 역사 안에 쓰인 노선도와 지하철 열차 안에 쓰인 노선도가 달라서 上海體育館站 가는 게 맞냐, 몇 정거장이냐 등을 물으니 4정거장이라고 대답했다. 열차 내의 노선도에 그 정거장명이 없어 네 정거장 되어 갈 때 또 물으니 "就这一站. (바로 이번 정거장이에요.)" 하고 대답한다. 그 정거장 이름은 漕溪路였다. 그 정거장에서 나와 길 가는 사람에게 물었다.

上海体育馆在哪儿? (상해 체육관 어디 있나요?)
前面. (앞에요.)

조금 더 가 보니 근처에 체육관 건물이 보이고 巴士/버스들이 많은 터미널이 보여 바로 여기가 影視城으로 가는 버스가 있는 터미널이구나 싶어 터미널 앞의 경비에게 확인하니 냉담하게 "不知道. (모릅니다.)"라고 대답한다. 아무래도 여기서 버스를 타는 게 맞는 것 같은데 싶어 다시 지나가는 아가씨에게 물으니 여기에는 影視城 가는 버스가 없다, 紅梅路로 가라고 간단히 말하고 가 버렸다. 또 지나가는 사람에게 紅梅路가 어디냐고 물으니 여기에서 멀다고 말한다. 상해에서의 마지막 관광코스를 上海影視城으로 생각했으나 갈 길이 막막해져서 도로 지하철을 타고 숙소로 돌아왔다. 낯선 길을 기껏 찾아왔다가 헛걸음을 하고 가려니 무엇에 홀린 듯했다. 漕溪路가 우리말로 '조계로'가 되니 마치 근대에 조계가 많았던 상하이가 이제 새롭게 한국인인 나를 조계로 살며시 유인한 듯한 느낌이 들었다. 돌아오는 지하철은 한산해서 환승안내방송을 녹음해 보려 했으나 잘되지 않았다. 숙소로 돌아오는 길에 배가 고파 手抓餠을 사 먹었다.

숙소에서 잠시 숨을 돌리고 관광책자를 다시 들어다보았다. 제자가 빌려 준 일본어판 ≪上海攻略≫에서 유럽풍 건물인 Marshall馬歇爾公館/마샬 공관 사진을 보고 가 보고 싶어져 淮海中路 남쪽에 있는 太原路로 찾아갔다. 가다가 星期五餐廳/T G I Friday를 하나 발견해서 사진을 찍었다. 일요일 정해진 시간에만 문을 연다는 國際禮拜堂/국제예배당도 발견했다. 길에 공중화장실도 보였다. 그런데 지도를 들고 太原路를 동쪽에서 서쪽 끝까지 몇 번을 왕복해 보아도 馬歇爾公館이라고 되어 있는 곳은 없었다. 太原路160호가 太原別墅/타이위앤 별장이라 되어 있는데 쇠문이 굳게 잠겨 있었다. 그곳일지도 모르겠다고 생각하고 길을 왔다 갔다 하다 문이 열려 있는 한 건물의 경비에게 물었다.

马歇尔公馆在哪儿? (마샬 공관은 어디 있나요?)

不知道. (모릅니다.)

太原路의 건물들은 유럽풍 건물이 많았다. 치과는 중국어로 보통 牙科로 쓰는데 한 치과 건물에는 우리식으로 齒科라고 쓰여 있었다.

太原別墅같이 문이 닫힌 큰 건물은 분명 유럽풍 대저택이 맞는데 지금은 그런 원래의 본모습을 볼 수가 없다. 그 책자에는 굽이진 진입로로 들어가면 궁전기둥 같은 기둥이 있는 대저택이 있어 낭만적으로 보였기에 꼭 가보고 싶었다. 영화 속에서처럼 말이나 멋진 차를 타고 진입로를 달려가 저택 앞에 멈추는 상상을 하면서 말이다. 太原路의 동쪽 끝이 汾陽路와 만나는 지점에 또 하나의 유럽풍 저택이 보여서 눈여겨 보니 上海工藝品博物館이란 팻말이 붙어 있었다. 다리도 아프고 점심때도 지났기에 우선 그 건물을 길 건너에서 사진을 찍어 놓고 그냥 지나쳐서 淮海中路로 갔다. 淮海中路의 음식점들은 茶餐廳급 이상으로 비싼 곳이 대부분이어서 식당에 들어갈 생각을 않고 빵집에 들어갔다. 테이블 하나가 보여서 거기에 앉아도 되냐고 하니까 "我们只外卖.(우리는 판매만 합니다.)" 하고 단호히 거절한다. 작은 케이크류 빵 3개를 25위안에 샀다. 먹을 곳이 없어서 좀 걸어서 공원으로 갔다. 가는 길에 초등학교 학생이나 되었을까 싶은 조그만 서양 여자아이가 여행 가방을 끌며 혼자 길을 건너는 것을 보고 서양인들이 정말 편안하게 다닌다는 생각이 들었다. 음료를 살 곳이 근처에 없어서 지도를 보고 襄陽공원을 찾아가 벤치에 앉아 그냥 빵만 먹었다. 그리고 아무래도 上海工藝美術博物館 건물이 책 속의 건물과 같지 않을까 싶어 그곳을 향해 길을 되돌아갔다.

도중에 창구를 통해 奶茶를 파는 작은 음료수집에서 哈密瓜奶茶(3위안)를 사 마셨는데 연두색 색깔이었고 역시 동글동글한 알맹이가 들어 있었다. 奶茶 컵을 들고 上海工藝美術博物館에 들어가 입구 매표소에서 8위안 주고 표를 샀다. 정면에 건물 측면이 보이게 되어 있어 건물의 앞부분을 보려고 가려고 하니 건물에서 나오던 두 여자가 손짓으로 건물의 입구를 가리킨다. 나는 이 건물이 馬歇爾公館인가를 살피는 게 목적이었는데 그 여자들은 공예품 관람을 온 걸로 보고 입구를 알려 준 것이다. 입구는 작은 방문처럼 되어 있고 문을 밀고 들어가니 좁은 복도 양편에 여러 개의 방들이 공예품 전시실로 뒤바뀌어 있었다. 여러 가지 조각품이라든가 목걸이、장신구、실크 스카프 등등을 방마다 전시해 놓고 한편에서는 직접 만들고 있었다. 奶茶를 빨대로 마시면서 이 방 저 방

기웃거려 보다가 뭔가 한 가지 사야겠다고 생각을 해 두고는 2층으로 올라갔다

 2층의 좀 큰 홀은 천정이 높고 중앙에 탁자가 놓여 있어 응접실로 쓰였던 것처럼 짐작되었다. 테라스에 나가 보려는데 경비하는 듯한 사람이 다가와 그냥 관람실 안으로 들어갔다. 그곳의 옥 공예품은 중국 돈 수십만 원 하는 엄청나게 값비싼 조각품들이었다. 3층으로 올라가니 역시 좁은 복도를 끼고 양쪽에 방들이 나열해 있었는데 복도 안쪽 끝까지 구경하고 복도를 사진으로 찍었다. 방 밖 벽에는 서양인의 인물 사진이 걸려 있었을 법한 자리에 현대 중국인 공예가들의 사진이 걸려 있었다. 중국의 고궁들이 다 박물관이 되어 버린 것처럼 이 서양 건축도 이제는 공예품 박물관으로 뒤바뀐 것이다.

 다시 1층으로 내려와 실크 공예집에서 絲巾/실크 스카프를 넉 장 샀다. 현대적인 디자인은 중국이 항상 뒤떨어진 느낌을 준다. 그래서 산수화를 스카프에 그린 것을 샀는데 또 그것은 스카프의 크기가 작았다. 좀 깎아서 모두 180위안 주었다. 淮海中路 쪽으로 나오는 길에 또 유럽풍 건물을 발견했는데 무슨 음악대학이란 간판이 걸려 있었다.

　숙소로 돌아와 책자를 뒤져 확인해 보니 방금 갔던 곳은 馬歇爾公館이 아니고 總督官邸/총독관저였다. 인터넷을 통해 조사해 보니 프랑스 후기 문예부흥기의 특징이 있는 백색 건물로 維納斯/비너스상도 있었는데 文革/문화대혁명을 거치면서 없어져 버렸다 한다. 1905년 지어진 法租界公務局總督官邸/프랑스 조계 공무국 총독관저로서 小白宮/작은 백악관으로 불리며 당시 프랑스 조계 최고의 정부기구였고 <宋氏三姐妹/송씨 세 자매> 영화 등에 나왔던 장소이기도 하다. 중국 인민해방 초기 陳毅 市長/시장도 그곳에서 생활했다 한다.

어쨌든 유럽식 건물의 내부에 들어가 본 것이 감회가 깊었고 현대화되면서 공관이나 관저 같은 것들이 모두 박물관식으로 바뀌어 옛 흔적은 어렴풋이 추측해야 한다는 것이 아쉬웠다.

永和大王에 가서 지난번 먹었던 養身鴨腿湯套餐을 시켰는데 또 "油条要吗? (요우티아오 드실 건가요?)" 하고 물었다. 다른 집이 "別的不要吗? (다른 건 필요 없습니까?)"로 묻는 데 비해 이 집은 꼭 무얼 찍어서 물어보는데 처음 내가 요리 이름을 떠듬떠듬 읽어 외국인인 걸 알아서인지 못 알아듣고 더 주문하기를 바라는 것 같았다.

2월 19일_ 上海火車站 • 상해 기차역

아침에 자명종을 시험하기 위해 5시 30분에 맞춰 놓았기에 자명종소리에 깨었다가 다시 7시까지 더 잤다. 씻고 永和大王으로 갔다. 가는 길에 공터에서 늘 춤추는 사람들을 또 보았는데 이번에는 한 무리는 부채를 들고 춤을 추고 또 한 무리는 칼을 들고 춤을 추고 있었다. 五香牛肉粥套餐(8위안)을 먹었는데 죽의 고기는 가루조각이고 옥수수 알갱이가 조금 든 부실한 편이었으나 油條/요우티아오는 맛이 있었다. 오늘도

어김없이 주문할 때 뭔가를 재빨리 말하며 "要吗? (필요하세요?)" 하고 물었지만 "不要. (필요 없어요.)"라고 대답했다.

숙소로 돌아와 짐을 꾸리면서 한국에서 가져온 홍삼차를 들고 내려가 總台의 劉小姐에게 선물로 주었다.

그리고 내일 비행장으로 갈 때의 택시대절을 물었더니 "我给你预定出租车.(제가 택시를 예약해 드리지요.)" 하고는 상해어로 전화를 했다. 한마디도 못 알아들었는데 도중에 服務費4塊가 드는데 괜찮냐고 물어서 그렇다고 했더니 전화를 끊고는 100多塊/100여 위안에 '加服務費4塊/봉사료 4위안 추가'할 거라고 했다. 그런데 내심 機場/공항이 꽤 멀기에 100위안에서 한참 더 추가될 것이 뻔했다.

谢谢你. (고맙습니다.)
不用客气了. (뭘요.)

網吧/피시방에 다시 가 보았다. 17일 저녁에 보내온 제자의 메일이 와 있는데 한글을 입력하려니 입력이 안 되었다. 내 스스로 입력을 할 수 있도록 설정해 보려 했으나 안 되었고 종업원에게 부탁하기도 번거로워 메일에 답신하지 않더라도 오늘 점심시간에 전화 통화를 하면 되겠지 하고 생각하고 답신을 하지 않았다. 중국어 輸入法/입력법은 알 수 없는 방법이 많이 쓰였고 漢語拼音輸入/한어병음입력도 있지만 많이 쓰이지 않는 듯했다. 오늘은 4위안을 받았다. 17일 보낸 메일에 자기가 취업한 회사가 上海火車站/상해기차역 근처이고 거기에 太平洋百貨/태평양백화점이 있고 그 1층에 麥當勞/맥도날드가 있으니 거기에서 6시에서 6시 30분경 만나자고 되어 있었다. 시간이 많이 남아서 숙소로 돌아오는 길에 늘 보던 길가의 상점들을 사진기에 담아 보았다.

컴퓨터 수리를 365電腦醫院/컴퓨터병원이라고 한 것이 특이했다. 한 번도 안 갔던 肯德基/켄터키 앞에는 배달 자전거가 여러 대 보였다. 늘 지나던 미용실 문에는 白色情人節/화이트데이의 공연을 선전하는 포스터가 붙어 있었다. 사실 미장원에서 머리를 염색하고 싶은 마음도 있었으나 중국 미용실 경험은 예전에 북경에 머물었을 때 해 보았기 때문에 그냥 단념했다. 복덕방에는 매물가격표가 나붙어 있는데 방 두세 칸인 집은 다 100萬위안 이상으로 우리나라 돈 1억 원이 훨씬 넘었다. 학교 안의 숙소로 돌아와 그동안 머물었던 숙소의 현관을 기념사진으로 찍었다. 그 숙소에는 招待所/초대소라는 간판이 걸려 있지 않고 00行知進修學院이라고 되어 있는 것이 특이했다.

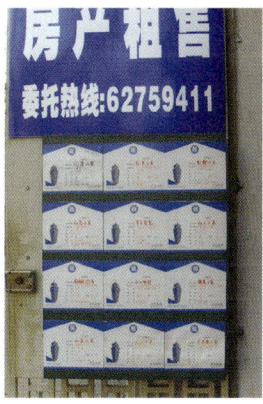

　숙소로 돌아왔다가 별로 할 일이 없기에 점심 먹고 미리 上海火車站/상해기차역에 가 그 근처를 구경할까 생각했다. 제자가 빌려 준 책과 내가 쓰던 우산을 주려고 비도 안 오는 날씨인데 우산을 지팡이 삼아 짚고 숙소를 나섰다. 답신을 안 한 것이 마음에 걸려 지하철역으로 가려다가 電話亭/공중전화 부스에서 제자의 휴대폰으로 전화를 해 보았지만 받지 않았다. 연락을 확실히 취하지 않은 채 上海火車站으로 가기도 뭣해 지하철 타기를 포기하고 우선 점심을 먹을 곳을 찾았다.

　늘 지나던 길에 있는 일식음식점 앞의 메뉴판을 보니 가격표가 28위안 정도여서 들어가 보았다. 출입문은 드르륵 소리가 나는 미닫이문이었고 안은 어두컴컴했다. 식탁이 배치된 곳과 다다미로 된 부분으로 나뉘어 있었는데 식탁에 가 앉았다. 약식 일본 옷을 입은 종업원이 다가와서 중국어로 주문을 받았다. 烤青花魚套餐(28위안)을 시켰다. 식탁들은 서로 격자 무늬의 칸막이가 있어 훤히 보이지는 않았는데 내 오른편 식탁에 한 남자가 식사를 하고 있었다. 좀 높은 곳에 설치된 TV에서는 일본방송이 흘러나오고 있었다. 음식을 기다리는 동안 세 남자가 들어와 내 맞은편 식탁에 앉았는데 중국말과 우리말이 섞여 들려오는 것을 보아 한 직장에서 근무하는 한국인과 중국인 같았다. 정확히 들리지는 않았지만 남대문이 불탄 이야기를 화제로 삼는 것 같았다.

조금 있다 음식이 나왔는데 식판의 가운데에 큼직한 구운 생선이 놓여 있고 앞쪽 왼쪽에 공깃밥, 오른쪽에 된장국, 면쪽 왼쪽에 김치, 오른쪽에 단무지와 절인 오이무침이 조금 담겨 나와 마치 우리 나라 태극기 같은 형상으로 그릇을 배치한 것이 중국과 달랐다. 김치는 약간 단 듯했는데 오랜만에 먹어서인지 맛있는 편이라고 생각되었다. 그 큰 생선을 다 먹어 치우고 계산을 했다.

多少钱? (얼마인가요?)
一共二十八块钱. (모두 28위안입니다.)

계산대 옆에 화장실 같아 보이는 문에 의외로 MASSAGE라고 쓰여 있었다. 일어와 한자로 手按摩라고 되어 있었다. 음식점 문이 그리로 통하게 되어 있어 조금 의심스러웠다. 밖에 나와 제자한테 전화하니 여전히 불통이라 網吧/피시방으로 가려고 되돌아오다 그 음식점을 밖에서 다시 보니 안마집과 음식점이 붙어 있었다. 足療/발 마사지는 60분에 50위안, 전신 마사지는 120위안이었다. 網吧에 가서 韓語版/한국어판을 깔아 달라고 하고 제자에게 답장을 보냈다. 이번에는 兩塊/2위안을 받았다. 잡지 판매대에서는 뭔가를 고르다가 그냥 가는 양복 입은 직장인을 50대 아주머니가 찾은 게 있는지 큰 소리로 "唉! 師傅啊! (어이, 아저씨!)" 하고 외치니 길가의 사람들이 거들어 "唉, 唉" 하고 외쳐 주었다.

　숙소에서 잠시 쉬었다가 다시 제자에게 줄 우산과 책을 들고 상해기차역을 향해 갔다. 지하철을 타고 상해기차역에서 내려 역내의 지도를 보고 太平洋百貨/태평양백화점이 있는 방향으로 나가는데 역사 안에 거지들이 앉아 있었다. 太平洋百貨를 찾아 들어가 보니 1층에 과연 麥當勞가 있었다. 6시에서 6시 사이 맥도날드에서 보자고 하였고 내가 답 메일에 혹시 못 만나면 책과 우산을 숙사의 總台에 맡겨 둘 테니 나중에 찾아가라고 해 두었다. 맥도날드에 앉아서 제자를 기다리며 사람 구경을 했다. 상해기차역 부근이 좀 어수선한 곳이어서인지 이 맥도날드에 오는 사람들도 왠지 뜨내기손님들 같았다. 매장은 넓어서 길게 되어 있는데 손님들은 남경로에서처럼 거무스름한 옷차림, 꾀죄죄한 머리 상태 등으로 한눈에 중국인 티가 나는 느낌을 주었다. 물론 가끔씩 세련된 용모의 젊은 커플들도 보이기는 하지만 대체로 중국인은 거무스름한 옷, 감지 않은 머리가 특징으로 한국인 일본인 중국인을 섞어 놓는다면 쉽게 중국인을 구별해 낼 듯싶은 생각이 들었다. 시간이 6시 반이 되었는데도 제자가 안 와서 服務員에게 "电话亭在哪儿? (전화 부스는 어디 있나요?)" 하고 물으니 먼 곳을 가리킨다. 자리를 비운 사이에 혹시 오면 어쩌나 싶어 급히 그리로 가는데 백화점 매장이 상당히 넓었다. 제자와 전화가 연결되었는데 갑자기 회사일이 더 생겨서 늦어졌으니 숙사에 돌아가 있으면 잠깐 들르겠다고 했다.

혼자서 식사를 하게 되어서 밥 먹으러 가는 김에 매장을 둘러보았다. 1층의 앵클부츠가 600 - 800위안 정도, 2층의 브래지어 세트는 400 - 500위안 정도, 반코트 600 - 700위안 정도, 긴 코트는 1,000위안 이상쯤 했다. 특별히 마음에 드는 디자인은 없었다. 그런데 신천지 옆의 태평양백화점에서 산 唐裝과 같은 메이커의 옷들이 또 있어서 보니 검은색 말고도 연두색 등 다양한 색상이 있어 한 곳만 보고 산 것이 아쉽게 생각되었다. 물건을 살 때는 '貨比三家/세 집을 비교하는 것'이 역시 좋은 것이다.

4층엔가 레스토랑이 하나 있어 들어갔다. 깨끗한 실내에 음식도 깔끔했다. 물론 가격이 비쌌지만. 奶汁蝦仁炒飯인데 42위안이었고 음료는 15 - 25위안 정도인데 안 시켜도 물을 가

져다주어서 괜찮았다. 青島의 길가 음식점 메뉴판에선 啤酒/맥주가 1위안이었었는데 여기 메뉴판에는 300밀리리터 青島啤酒가 18위안이었다. 식사 후 화장실에 들렀는데 시멘트가 깨진

부분이 있어 초라한 느낌을 받았다. 지하철 역사 안에는 거지들이 10명 정도는 되어 보였다. 노숙하려는 사람들로 보였다. 어떤 아줌마는 자전거를 들고 지하철에 탔다. 자동판매기에서 표를 사서 곧바로 숙소로 돌아왔다.

숙소에 당도하니 제자가 서서 總台의 陳小姐와 이야기하고 있었다.

明天凌晨回国. 有机会想再来这里. (내일 새벽에 귀국해요, 기회가 있으면 여기 다시 오고 싶어요.)

欢迎你再来. (다시 오길 환영합니다.) 出租车预定了吗? (택시는 대절했나요?) 하며 물었다.

预订好了. (대절해 놓았어요.)

再见! (안녕히 계세요!)

하고 제자를 잠깐이나마 숙소로 데리고 갔다. 곧 택시 타고 떠나야 한다고 해서 긴 이야기는 못 하고 고마움을 표시하고 上海工藝品博物館에서 산 絲巾/실크 스카프 2개를 선물했다. 그리고 南京 다녀온 이야기를 잠깐 하고 가이드가 南京의 집값이 싸다고 했기에 나중에 南京에 집을 사면 어떨까 하는 이야기도 했다. 중국에 있다 보니 정들어서인지 그런 생각까지 든 것이다. 제자는 회사가 인턴 때보다 돈을 많이 주어서인지 일이 많아졌다고 했다. 항상 꾸준히 노력하면 잘 안 풀려도 어느 수준은 유지하게 마련이니 긍정적으로 생각하고 노력하며 살라고 말해 주었다. 수업을 들은 인연으로 만난 제자가 상해에서 교육 컨설팅 인턴을 하게 되어 그것을 학생들에게 홍보하다 결국은 내가 직접 상해에 단기 체류하러 온 셈인데 덕분에 싸고 안전한 숙소에서 머물었고 가끔씩 제자와 함께 상해를 구경해서 완전 혼자인 것보다 한결 많은 경험을 하게 해 주었으니 고마운 일이었다. 집에 돌아갈 길이 바빠서 제자는 앞으로도 계속 연락드리겠다고 하고 급히 돌아갔다.

2월 20일_ **回國** · **귀국**

　　새벽에 알람소리에 깨어 일찍 일어나 대강 씻고 짐을 점검했다. 짐은 미리 다 싸 놓았기에 별문제가 없었다. 5시 30분전에 미리 짐 가방들을 들고 總台로 내려갔다. 值班/당직 아저씨가 있었고 곧이어 出租車/택시가 왔다. 아저씨가 택시 탈 때까지 내다보아 주었다. 택시 기사가 짐을 뒤 트렁크에 실었다. 이른 시간이라 도로는 텅 비어 있었다. 공항까지 길이 멀었으므로 늘 묻는 "几点的飞机? (몇 시 비행기인가요?)"에서 시작하여 "你汉语说得很好. (중국어 참 잘하시네요.)" 하면 "我学了很长时间. (아주 오랫동안 배웠어요.)" 나아가 "我是教汉语的. (전 중국어를 가르칩니다.)" 등등 이야기를 하다 혼자 왔냐? 그렇다. 남편과 아이들은? 아직 결혼 안 했다.

이런 이야기 끝에 자기 마음대로 상해의 가려진 이야기를 토해 내기 시작했다. "上海色情业很发达. (상해에는 매춘업―중국에서는 매춘을 매음이라고 한다.―이 발달했어요.)" 하면서 一次 做愛/한 번 매춘에 중국 여자 2,000－3,000위안이면 한국 여자는 5,000위안 한다. 그런 한국 여자는 정말 탤런트 누구마냥 엄청 예쁘다고 하고 밤을 함께 보내는 包夜의 경우 가격이 더 비싸진다. 그런데 서양 남자는 조심해야 한다. 性暴力/성폭력과 變態/변태가 많아 유럽 남자 상대하다 죽은 鷄/창녀도 있다. 그리고 일본 남자는 출장 나온 남자들이 대개 중국에 현지처를 두고 있다, 외로운 일본 부인들이 중국의 20대 30대 남자를 구한다. 자기 같은 택시기사가 그런 남자들을 알선해 주기도 한다고 했다. 일본 여자도 젊은 남자를 찾지만 일본 남자들은 지독하게 젊은 여자를 밝힌다, 70대도 20대만 찾는다고 비난을 하고 한국 남자는 그래도 "还可以. (괜찮은 편이에요.)"라고 했다. 그 밖에 스트립쇼 같은 쇼를 하는 곳도 성업 중이고 내가 머물었던 仙霞路 같은 데의 미용실은 다 色情業/매춘업을 하는 곳이라고 했다. 중국 공산당이 그렇게 엄격한데 왜 그냥 놔두느냐고 물었더니 경제를 위해서 '政府不管/정부가 상관 안 한다'고 했다.

결론은 그래서 愛慈病/에이즈가 만연하고 있다는 것인 듯했다. 왜 처음 보는 외국인한테 이런 이야기를 자랑삼아 하는지 이해가 안 갔다. 공항에 도착하니 택시비는 170위안이 나왔다. 예상대로 100위안 남짓은 어림없었다. 트렁크에서 짐을 꺼내 주어서 짐 여러 개를 들고 허우적거리며 공항에 들어서려니 아가씨 두 명이 나를 보고 "小姐! 用这个. (아가씨, 이걸 쓰세요.)" 하며 짐 끄는 카트를 가리켰다. 그래서 거기에 짐을 싣고 중국남방항공을 찾아 탑승수속을 했다. 큰 가방 안에는 깨질까 봐 술병을 넣지 않고 옷가지 같은 것들만 넣어서 托運/운송으로 부쳤다. 작은 가방 안에 옷으로 시바스 리갈과 石庫門 술을 싸서 넣고 비행기에 탈 참이었는데 속으로 은근 걱정이 되었다. 왜냐면 예전에 상해 공항에서 술을 이렇게 들고 가려다 짐 검색대에서 걸려 스티로폼 박스로 재포장하고 들고 간 경험이 있어서였다. 이번에도 역시 예외는 없었다. 짐 검색대에서 가방을 열어 보라더니 술을 이렇게 가져가면 안 된다. 도로 나가서 포장해 오라고 했다. 탑승 수속한 근처에 포장해 주는 곳이 있었는데 스티로폼 박스에 술병을 두 개 넣더니 옷 같은 것으로 싸라고 했다. 아니 그럼 옷으로 싸 가지고 가방에 넣어 가는 것은 왜 안 된다는 것인가? 박스 팔아먹으려고 하는 짓으로밖에 보이지 않았다. 다시 짐 검색대에 들고 갔더니 이번에는 가방 안의 쓰다 남은 샴푸, 바디클렌저, 화장품 등을 들고 자기들끼리 쑥덕거리더니 말했다.

这个超过一百毫升, 不能带着上机. 要托运. (이건 100밀리리터가 넘어서 가지고 비행기에 타면 안 됩니다. 운송해야 합니다.)

아까 托運/운송한 큰 짐 가방에 넣어서 托運해야 한다는 것이다.

为什么没早说? 这是你们的错误.

(왜 미리 말하지 않았나요? 이건 당신들의 잘못입니다.)

하며 소리쳤더니 들은 체하지 않고

这个不行, 这个可以. (이건 안 되고 이건 되고.)

하면서 분류를 하기에

全不要了. (다 필요 없어요.)

하고 다 놓아 두고 검색대를 통과했다.

내가 검색대에서 실랑이를 했던 때문에 시간이 지체되어 내가 탈 비행기로 가는 구내버스는 이미 출발했고 아직 안 온 나머지 몇 사람을 더 기다리는 상황이었다. 내가 조급해서 물었다.

現在去来得及吗? (지금 가도 늦지 않나요?)

赶得上. (안 늦어요.)

기다리는 사람이 나와 서양인 2명 그리고 조금 있다가 노부부가 왔다. 전광판에 내가 탈 上海－仁川/상해－인천행 비행기는 이제 더 이상 글자가 뜨지 않았다. 깜짝 놀라서 의자에서 벌떡 일어나 물었다.

中国南方航空313飞机起飞了吗? (중국남방항공 313 비행기는 이륙했나요?)

快走了. (곧 떠날 겁니다.)

다시 의자에 앉아 있으려니 마지막 손님이 당도했고 비행기로 가는 구내 버스가 와서 손님들이 탔다. 비행기에 올라타니 이미 사람들이 좌석에 다 앉아 있어 좀 무안했다. 물론 아직 이륙시간에 늦은 것은 아니었지만 뒤늦게 몇 사람만 버스를 타고 도착한 것이어서 좀 쑥스러웠다. 자리를 찾아 앉았더니 靠窗/창가 좌석엔 탑승 수속할 때 뭔가 묻기 위해 내가 말을 걸었던 한 젊은 남자가 앉아 있었고 中間/중간 좌석은 비어 있고 通道/통로좌석이 내 자리였다. 잠시 뒤에 비행기가 이륙했고 안전 궤도에 들어서자 기내식을 내주었는데 웃기는 것은 마치 空中小姐/스튜어디스가 장난이라도 치는 건지 창가 자리에 앉은 그 남자에게 기내식 두 개를 주어 버린 것이다. 그 남자가 받아서는 한 개를 나한테 내주었다. 기내식은 배추 잎으로 덮은 속에 만두류 點心/딤섬이 몇 개 들어 있고

요거트를 주었는데 다 입맛에 맞았다. 딤섬을 아침 기내식으로 한 것은 좋은 아이디어라고 생각되었다.

  비행기가 인천 공항에 도착해서 짐을 찾은 후 또 한바탕 난리를 겪었다. 짐이 너무 많아서 스티로폼으로 싼 술을 아무래도 큰 가방 안에 넣고 스티로폼은 버려야 다 들 수가 있었기 때문이다. 화장실 구석에서 스티로폼 상자를 묶은 끈을 손톱으로 뜯어서 풀려고 애쓰고 있는데 청소 아줌마가 들어와서는 화장실에서 이러지 말고 나가서 하라고 했다. 짐을 다 끌고 나와 라운지의 의자 옆에서 한참 동안 고생해서 끈을 풀고 술병을 꺼냈다. 이렇게까지 매번 술을 사 들고 오는 내가 구차하게 느껴졌다. 술병을 가방 안에 넣어야 하는데 사람들 지나다니는 곳에서 가방을 열 수도 없어서 다시 화장실로 짐을 들고 들어갔다. 짐이 많든 어쨌든 화장실을 이용할 권리는 분명 있는 것이다. 청소 아줌마는 어디로 갔는지 안 보였다. 어쩌면

또 한마디 실랑이가 있었을 수도 있는 상황이었는데 그냥 조용히 술병을 가방으로 옮겨 넣게 되었다. 한국에 도착하자마자 고생을 해서 좀 속이 상했는데 짐들을 다 끌고 공항버스를 타려고 밖으로 나오니 맑은 공기가 맞이해 주었다. 날씨는 상해보다 추웠지만 공기가 맑은 것은 확연히 느껴지는 차이였다. 그래서 마음이 누그러지고 드디어 귀국했구나 하는 느낌이 들었다.

최금옥

▌약 력

서울대학교 중어중문학과 학사(영문학 부전공)
서울대학교 중어중문학과 석사(漢代 樂府詩의 句法연구)
서울대학교 중어중문학과 박사(陳師道詩 연구)
동해대학(현 한중대학교) 전임강사 및 이화여대, 성심여대, 강릉대, 청운대
　시간강사 역임
현, 서울대, 한양대, 성결대, 방송통신대 시간강사

▌주요논문 및 저서

논　문:「陳師道 送別詩의 서정성과 정련미」외 다수
저역서:『양송시(兩宋詩) 여행』
　　　　『고금한어의 어법차이』(편역)
　　　　『중국시와 시인-송대편』(공저)
　　　　수필집『요리사와 天下之士』(공저) 외 다수

리얼 상하이
쉬운 만다린

초판인쇄 | 2009년 3월 2일
초판발행 | 2009년 3월 2일

지은이 | 최금옥
펴낸이 | 채종준
펴낸곳 | 한국학술정보㈜
주　소 | 경기도 파주시 교하읍 문발리 513-5 파주출판문화정보산업단지
전　화 | 031) 908-3181(대표)
팩　스 | 031) 908-3189
홈페이지 | http://www.kstudy.com
E-mail | 출판사업부 publish@kstudy.com

등　록 | 제일산-115호(2000. 6. 19)
가　격 | 30,000원

ISBN　978-89-534-1338-2 13820 (Paper Book)
　　　　978-89-534-1339-9 18820 (e-Book)

어담
Books 는 한국학술정보(주)의 지식실용서 브랜드입니다.